Das Mädchen vom Sperrwerk

Umschlagsfoto:

„Ems-Sperrwerk in Gandersum"

(Erwin de Buhr, 2021)

Das Mädchen vom Sperrwerk

Lina Eichhorn ermittelt in Emden

Kriminalroman von Marion Scheer

2019/2021

Impressum:

Bibliografische Information der Deutschen Nationalbibliothek: Die Deutsche Nationalbibliothek verzeich-
net diese Publikation in der Deutschen Nationalbibli-
ografie; detaillierte bibliografische Daten sind im
Internet über dnb.dnb.de abrufbar.

© 2021 Marion Scheer

Herstellung und Verlag:
BoD – Books on Demand, Norderstedt
ISBN: 9783753478357

Kapitelübersicht:

1. Grausiger Fang

Joke Huismann kratzte sich ausgiebig am Kinn. Das Rasieren hatte er sich heute erspart. Es war sein *Männerwochenende*. Da stellte er Körperpflege hintenan, weil ihm für gewöhnlich keiner zu nahe kam, den das irgendwie interessierte. Seine Frau Ingrid war wieder einmal für drei Tage zu ihrer alten Mutter gefahren, und er hatte sturmfrei.

Wenn man so lange verheiratet ist, wie wir beide und sich Tag für Tag auf die Nerven gehen kann, ist so ein bisschen Erholung vom anderen auch mal ganz schön, dachte er bei sich. Er warf mit gekonnten Powerwürfen seine Angelköder weit hinaus und machte es sich dann am Ufer der Ems so bequem, wie es eben möglich war. Wie immer angelte er mit zwei Ruten gleichzeitig. Neben ihm griffbereit lag der Kescher, um den Fang vorschriftsmäßig an Land zu hieven.

Im Oktober war das Wetter in Emden schon sehr durchwachsen. Er hatte für warme wetterfeste Kleidung und einen zeltartigen Schutz gesorgt, unter dem er nun sehr zufrieden mit sich und der

Welt hockte. Die Fische bissen bei schlechtem Wetter immer besser, als bei Sonnenschein, redete er sich ein. Er war keiner von den ehrgeizigen Anglern, sondern betrieb den Sport nur gelegentlich, um dem häuslichen Einerlei zu entfliehen oder einfach mal seine Ruhe zu haben. Wenn er dann noch einen schönen Leckerbissen für die Pfanne fing, machte ihn das besonders glücklich. Ingrids kritische Augen strahlten jedes Mal vor ehrlicher Freude, und sie war in solchen Momenten richtig stolz auf ihn.

Er nahm einen tiefen Schluck aus seiner Bierflasche und lehnte sich in freudiger Erwartung auf den großen Fang, von dem jeder Angler insgeheim träumt, relaxt zurück. Sein Blick wanderte über das sanft fließende dunkle Wasser bis zum anderen Ufer Richtung Ditzum. Langsam bewegte sich ein größerer Kahn gegen die träge Strömung. Er folgte dem Schiff mit seinen Augen, bis es das Sperrwerk passierte und aus seinem Gesichtsfeld verschwand.

Nun war er wieder allein mit sich und der Natur. Entspannt nahm er die alte grüne Kappe ab und kratzte sich sehr genüsslich die Halbglatze. Sein Freund Enno, ein passionierter Angler, warnte ihn dauernd, der Fischbestand habe sich in den letzten Jahren so verringert, dass es kaum noch

Sinn mache, hier zu angeln. Der hatte sich inzwischen ganz auf das Fliegenfischen umgestellt und fischte nur noch im Ausland. Manchmal flog er dafür sogar bis nach Canada.

„Die Ems ist ein verschlickter sterbender Fluss. Die existiert doch nur noch, damit die riesigen Kreuzfahrtschiffe von der Werft in Papenburg auf diesem Weg in die Nordsee gebracht werden können", hatte er lamentiert. „Ha, Hochwasserschutz soll das sein! Wir hier vor dem Sperrwerk saufen alle ab, wenn tatsächlich mal wieder eine Sturmflut kommt." Aber Enno war immer schon so negativ gewesen, und er strebte nach höherem. Trotzdem hielt ihre Freundschaft bereits seit der gemeinsamen Schulzeit. Gute Freunde sind fast das wichtigste im Leben, philosophierte Joke und nahm zur Bekräftigung noch einen tüchtigen Schluck aus der braunen Flasche.

Dann musste er doch mal nach den Angeln sehen! Immerhin hatte er keine Mühe gescheut und sich an der Knock Wattwürmer als Köder ausgegraben. Damit hatte er in seiner Jugend schon wundervolle dicke Aale und manchmal auch einen großen Butt gefangen. Die Leine war natürlich mit Blei beschwert, damit sie mühelos bis zum Grund gelangte.

Als er die erste Angelrute kontrollierte, nahm er eine leichte Bewegung der Rutenspitze wahr. Erfreut machte er sich daran, den frühen Fang einzuholen. Gekonnt drehte er die Rolle, um die Schnur einzuziehen. Das Biest leistete Widerstand! Das schien ja ein gewaltiger Brocken zu sein, den er da an der Angel hatte. Breitbeinig stemmte er seine Füße mit aller Kraft in den weichen Boden. Vielleicht hatte er das Glück einen kapitalen Aal zu fangen. Er beglückwünschte sich für die Eingebung, eine starke Schnur gewählt zu haben, weil die ausgewachsenen Tiere gewaltig Kraft besaßen, und ließ nicht locker.

Da sich die Angelegenheit als ziemlich mühsam herausstellte, kam ihm für einen Moment der Gedanke, dass sich der Angelhaken vielleicht in einem Gegenstand verhakt habe, der auf dem Grund des Gewässers dahintrieb. Manchmal entsorgten Leute bei Nacht und Nebel ihren Müll oder Schrott in der Ems. Hier am Sperrwerk war das besonders einfach, weil man auf einer asphaltierten Straße mit dem Wagen bis zum Parkplatz direkt an der Anlage fahren konnte.

Ihm trat schon der Schweiß auf die Stirn von der Anstrengung. Gleichzeitig musste er vorsichtig agieren, damit die Schnur nicht zerriss. Dann wäre der schöne Fang endgültig verloren.

Schließlich ließ sich die Rolle dann doch einigermaßen drehen. Es ging langsam voran, aber Zeit war ja nicht sein Problem.

„Düvel nomool", fluchte er vor sich hin. Dabei hielt er die Angelrute mit aller Kraft umklammert, während er allmählich etwas großes Dunkles, das nun keinerlei Widerstand mehr leistete, unterhalb der Wasseroberfläche auf sich zutreiben sah.

Bald erkannte er, dass es sich wohl doch nicht um den Riesenfisch handelte, den er liebend gern als Trophäe mit nach Hause genommen hätte. Der Angelhaken schien sich in einem großen Kleiderbündel festgehakt zu haben. Er bemerkte einen leichten Ärger in sich aufsteigen.

Wieder mal alle Mühe vergeblich!

Nun musste er das Bündel vorsichtig ans Ufer ziehen, um seine Angelschnur und den Köderhaken unbeschädigt davon zu lösen. Mit seinen hohen Gummistiefeln näherte er sich äußerst achtsam dem modrigen Wassersaum. Wenn er nun auch noch aus Ungeschicktheit auf dem glitschigen Schlick ausrutschte und ins Wasser fiele, wäre der Tag für ihn gelaufen!

Das war aber auch ein verdammt großes Bündel. Wie konnten die Leute bloß alles so achtlos in die Natur entsorgen?

Dann fixierte sein Blick die rosa Haarspange!

Feines dunkles Haar fächerte sich in den leichten Wellen auf und bewegte sich sanft in der trüben Brühe. Wie unter einem inneren Zwang stehend, holte er den leblosen Körper unaufhörlich mit der Angel ein. Sein Kopf war vollkommen leer vor Entsetzen. Mechanisch fasste die Hand schließlich das Bündel und hievte es ans Ufer. Die Kleidung hatte sich mit Wasser vollgesogen, aber dennoch benötigte er keine große Kraftanstrengung für die Bergung der Leiche.

Es handelte sich um ein zartes Kind. Ein kleines Mädchen.

Joke begann zu weinen. Das tote Mädchen lag jetzt vor ihm im Ufergras. Es hatte das Gesicht demütig zur Erde gewandt. So als wolle es ihm dadurch ersparen, in die leblosen Augenhöhlen zu blicken und den kleinen verzerrten Mund, der wie zu einem letzten Schrei erstarrt war, mit in seine Träume zu nehmen.

Tränenbäche rannen über sein Gesicht, als er die bleichen Füßchen aus dem Kleidergewirr ragen sah. Die dünnen Arme waren mit einem derben Ledergürtel um den mageren Leib der Kleinen gefesselt. Zarte elfenbeinfarbene Hände standen wie die gebrochenen Flügel eines Engels hilflos zu beiden Seiten ab.

Unter dem haltlosen Schluchzen, während er mit zitternden Fingern den Angelhaken aus dem leichten dunkelblauen Kleidchen löste, dachte Joke immer nur, wie gern er und seine Ingrid eigene Kinder gehabt hätten. Es war ihnen versagt geblieben. Und hier entsorgte jemand ein kleines unschuldiges Mädchen in der Ems!

Es dauerte eine Weile ehe Joke Huismann sich soweit gefangen hatte, dass er vernünftig reagieren konnte. Dann stapfte er mit bleiernen Füßen zurück zu seinem Lagerplatz und suchte sein Handy.

Die Notrufnummer war schnell gewählt. Er stammelte aber immer noch unter Tränen, als er seinen Standort und den Grund des Anrufes nennen sollte. Danach sackte er auf dem Klappstuhl neben seiner Flasche Bier zusammen, als sei alles Leben aus ihm gewichen und kam erst wieder richtig zu sich, als er die Sirene des Polizeiwagens vernahm.

2. Der Fundort

Hauptkommissarin Lina Eichhorn erreichte den Leichenfundort als Letzte. Sie war an diesem Freitagvormittag gleich aus Oldenburg losgefahren, als sie der äußerst dringliche Anruf der Kollegen aus Emden mit der Bitte um Unterstützung erreichte.

Es lag Jahre zurück, dass sie zuletzt bei verschiedenen Sonderkommissionen in ostfriesischen Städten mitgewirkt hatte. Emden war noch nie dabei gewesen. Das Kommissariat war dafür bekannt, dass es sich vorwiegend allein durchschlug oder allenfalls Unterstützung aus Leer anforderte.

Der Dienststellenleiter wollte jedoch in diesem Fall unbedingt eine weibliche Beamtin zur Unterstützung seines Teams haben, und das gestaltete sich offenbar etwas schwierig angesichts der Herbstferienzeit in Niedersachsen.

Linas Tochter Carina war längst erwachsen und hatte selbst Familie, deshalb legte die Hauptkommissarin ihren Urlaub schon lange nicht mehr in die Zeit der Schulferien.

Als sie jetzt, nach einer fast sechzigminütigen Autofahrt, beim Hinweisschild von der Hauptstraße links abbog und auf das beeindruckende Sperrwerk in Gandersum zufuhr, war ihr etwas mulmig, denn sie wusste bereits, dass sie eine Kinderleiche vorfinden würde.

Die, durch einen zermürbenden Baustellenstau auf der Autobahn bei Bad Zwischenahn und den Ferienverkehr Richtung Küste, ungewöhnlich anstrengende Fahrt hatte ihre Nervosität noch gesteigert, und sie fühlte sich ein wenig überfordert, als sie dem Dienstwagen entstieg. Langsam zog sie ihre warme Jacke über, denn der Wind blies kühl und feucht von der Ems über den ungeschützten Parkplatz und ließ sie leicht erschaudern. Während sie den Reißverschluss fast bis zum Kinn hochzog, betrachtete sie aus einiger Entfernung die bereits fleißig bei der Arbeit befindlichen ostfriesischen Kollegen.

Sie strich ihre widerspenstig im Wind flatternde lockige Haarmähne zurück und schritt, forscher als sie sich fühlte, auf die Gruppe zu.

Ein jüngerer Polizeibeamter in Uniform kam sofort eifrig angelaufen, um sie an der Absperrung aufzuhalten. Routiniert zog sie ihren Dienstausweis aus der Jackentasche und stellte sich kurz vor. Er ließ sie daraufhin freundlich passieren.

Als sie zu dem weißen Zelt kam, das über der Kinderleiche aufgespannt war, traf sie auf die Leute von der Spurensicherung und zwei Beamte von der Kriminalpolizei aus Emden.

„Ach, Sie sind dann sicher Hauptkommissarin Eichhorn, unsere freundliche Unterstützung aus Oldenburg!", kam ein älterer untersetzter Mann auf sie zu. Er grinste sie kurz an, zog dann seinen Kollegen, der ihn um mindestens zwanzig Zentimeter überragte, unwirsch aus dem Zelteingang und stellte sie beide vor: „Das ist Hannes Küpper, und ich bin der kommissarische Dienststellenleiter Andreas Pantekook. Wir freuen uns sehr, dass Sie endlich da sind. Es ist ein wirklich grausiger Fund. Und wir sind für jede Hilfe dankbar, bei der Unterbesetzung, die im Augenblick herrscht." Sein Gesicht wirkte jetzt eingefallen und blass. Lina sah ihm die Überarbeitung förmlich an. Sie konnte nicht verhindern, dass ein tiefes Mitgefühl in ihr aufstieg, als sie die kalten Hände der Kollegen schüttelte und sie freundlich begrüßte.

„Wir sind jetzt hier fertig. Das Kind kann abtransportiert werden. Die genaue Untersuchung in der Pathologie wird natürlich etwas dauern.

Dass es sich um ein Gewaltverbrechen handelt, scheint ja offensichtlich. Das Mädchen wird sich sicherlich nicht selbst gefesselt haben und dann in die Ems gesprungen sein. Wir werden Ihnen natürlich schnellstens akribische Ergebnisse liefern und dadurch jegliche Unterstützung bei der Aufklärung dieses perfiden Verbrechens zukommen lassen", wandte sich der ganz in Schutzkleidung gehüllte Gerichtsmediziner in etwas gestelzter Sprache an die Beamten, als er in diesem Moment aus dem Zelt kam.

„Einen schönen Tag brauche ich Ihnen ja sicher nicht zu wünschen", fügte er betreten hinzu. „Es gibt Fälle, die können selbst wir Pathologen nicht so einfach abschütteln." Er ergriff seinen Koffer und schlich davon, als laste ein bleiernes Joch auf seinen Schultern.

Jetzt hielt Hauptkommissar Pantekook den Eingang des Schutzzeltes offen, damit seine Kollegin aus Oldenburg ebenfalls einen ersten Blick auf die Kinderleiche werfen konnte.

Das tote kleine Mädchen war sehr zierlich. Die Haut wirkte unnatürlich bleich und wächsern. Sie bildete einen harten Kontrast zu dem langen schwarzen Haar, das fast bis zum Po reichte und das einzig Üppige an der winzigen Gestalt darstellte. Der leere Zinksarg stand offen da. Die Kleine lag immer noch auf dem feuchten Gras des Emsufers. Der Arzt hatte sie während der ersten Untersuchung in die Rückenlage gebracht.

Lina hatte schon vieles in ihrem langen Leben im Kampf gegen das Verbrechen gesehen, aber der trostlose Anblick dieses toten Kindergesichtes ließ sie vor Entsetzen erstarren.

Während sie wie ferngesteuert die Schutzhandschuhe ganz mechanisch überstreifte, damit sie keine genetischen Spuren an der Toten hinterlassen konnte, kämpfte sie die Tränen nieder. Die toten Augen schienen jede ihrer Bewegungen zu verfolgen. Der kleine Mund, in dem einige Zähnchen fehlten, war in einem letzten Krampf zu einer verzerrten dunklen Öffnung entstellt. Lina spürte innerlich den Nachhall des finalen Schreies, der alle Angst und Verzweiflung des kleinen Mädchens vergeblich in diese so grausame Welt geschleudert haben mochte.

Die Hauptkommissarin fühlte die große Verantwortung, die nun auf ihr lastete, wie eine schwere Bürde. Sie blickte in die gebrochenen Augen, die von unfassbar seidigen dichten Wimpern umrahmt waren. Die schwarzen Härchen bargen noch immer einige glänzende kleine Wassertropfen. Wie Tränen krochen sie nach und nach über die bleichen Wangen, um verloren im dichten Haarschopf zu versickern.

Während die Hauptkommissarin sich schweigend und mit großer Behutsamkeit der Kinderleiche näherte, um die Kleidung, den Ledergürtel, die Haarspange und Hände und Füße genauer in Augenschein zu nehmen, ließen die beiden Kollegen sie ohne ein Wort gewähren. Das entsetzliche Verbrechen schien ihnen die Sprache verschlagen zu haben.

„Wer hat das Mädchen gefunden?", fragte Frau Eichhorn schließlich in die beklemmende Stille hinein. Und ihre eigene Stimme erschien ihr dabei seltsam fremd und blechern.

„Ein Angler hier aus der Gegend hat sie am Haken gehabt. Er heißt Huismann und war so verstört, dass wir ihn nach einer ersten Befragung nach Hause geschickt haben. Küpper hat die Adresse aufgeschrieben."

„Ja, gut! Ich muss mich auf jeden Fall nochmal mit ihm unterhalten. Jetzt lassen wir das arme Kind erst einmal abtransportieren. Je eher sie in der Gerichtsmedizin auf dem Tisch liegt, umso früher erhalten wir die Ergebnisse der Untersuchungen." Frau Eichhorn richtete sich auf, streifte die Einmalhandschuhe ab und schritt zügig aus dem Zelt in die frische Nordseeluft. Während die Kollegen sich darum kümmerten, dass man die kleine Leiche ordnungsgemäß einsargte und der Pathologie zuführte, bewegte sie sich einige Schritte vom Fundort weg und sog die kühle Luft in ihre Lungen.

Vor ihr ragte das Sperrwerk der Ems auf. Sie hatte es kürzlich im Fernsehen gesehen, als in den Nachrichten die Überführung eines Kreuzfahrtschiffes von der Werft in Papenburg über die Ems bis in die Nordsee gezeigt wurde. Das Schiff hatte riesig und grotesk die schützenden Deiche überragt, die von Schaulustigen dicht bevölkert waren.

Die Passage durch das Emssperrwerk war jedes Mal Präzisionsarbeit und erfolgte nach genauer Abwägung aller natürlichen Faktoren, wie Gezeiten sowie Windstärke und –richtung, im Zeitlupentempo. So konnten die Bewunderer dieser Kreuzfahrtriesen sie aus nächster Nähe ganz genau bestaunen und fotografieren. Ihr war bekannt, dass sich daraus eine beliebte Tourismusattraktion entwickelt hatte.

Nun lag das Sperrwerk aber eher unspektakulär vor ihr, auch wenn es hier an der Ems ein recht beeindruckendes Bauwerk darstellte. Der Fluss strömte träge dahin, gelegentlich von kleinen Wellen gekräuselt. Graue Wolken hatten sich darüber zusammengeballt. Sie konnte das andere Ufer ohne Schwierigkeiten ausmachen. Ein Kirchturm überragte eine kleine Ansiedlung von Häusern. Sonst wirkte die Gegend zu beiden Seiten eher landwirtschaftlich genutzt.

„Frau Kollegin", wurde die Hauptkommissarin nun aus ihren landschaftlichen Betrachtungen gerissen, „wir wären dann hier soweit fertig. Die Leute von der Spusi haben alles ringsum abgesucht. Hier gibt es leider keine Reifenspuren. Sie haben ja sicher gesehen, dass die Straße zum Sperrwerk ganz normal befestigt ist. Da halten auch dauernd irgendwelche Leute an, zumal es dort eine öffentliche Toilette gibt." Hauptkommissar Pantekook deutete frustriert in Richtung Sperrwerk.

„Ja, ich dachte mir schon sowas. Der Fundort wird auch mit an Sicherheit grenzender Wahrscheinlichkeit nicht der Tatort sein. Sobald wir wissen, wie lange die Kleine im Wasser gelegen hat, können wir die Bevölkerung um Mithilfe bitten. Wenn hier so eine rege Fluktuation herrscht, hat vielleicht jemand was beobachtet.

Eventuell gibt's sogar Überwachungskameras?"
Frau Eichhorn sah ihren Kollegen forschend an.

„Das wäre natürlich möglich! Wir müssen mit den Leuten dort reden. Soll ich Hannes Küpper sofort hinschicken, während wir zur Dienststelle fahren?", bot der Kollege an.

„Das ist keine schlechte Idee. Heute wird da doch sicherlich gearbeitet. Wir brauchen auch die Dienstpläne der Angestellten und Namen von Besuchern, der - ", sie dachte einen Moment nach, „letzten zwei Tage. Länger lag das Mädchen bestimmt noch nicht in der Ems, so wie der Leichenzustand wirkte." Der Kollege aus Emden nickte dienstbeflissen, dann winkte er den jungen Mann heran, um ihm die Instruktionen zu erteilen.

Anschließend gingen Frau Eichhorn und Andreas Pantekook zum Parkplatz hinauf.

„Können wir mit Ihrem Wagen fahren?", fragte Pantekook freundlich. „Denn sonst kommt Hannes nicht zurück nach Emden. Die von der Spusi sind auch gleich weg, und die haben ja auch einen anderen Weg."

„Selbstverständlich, Herr Pantekook, aber ich möchte gern erst ein paar Worte mit dem Angler wechseln, der das Kind gefunden hat. Sie sagten doch, dass der aus der Gegend ist und sie die Adresse notiert haben."

„Klar, das ist hier ein paar Straßen entfernt in Petkum. Da kommen wir sowieso vorbei. Aber nennen Sie mich doch einfach Andreas. Wir arbeiten ja jetzt eine Weile eng zusammen, da kann man sich die Formalitäten doch sparen." Er sah sie etwas unterwürfig von der Seite an. Lina vermutete, dass er befürchtete, sie könne sein Angebot ablehnen.

„Ja, schön, dann nennen Sie mich Lina. Wir wollen hoffen, dass unsere Zusammenarbeit von schnellem Erfolg gekrönt sein wird. Auch wenn ich nichts dagegen habe, nach langer Zeit mal wieder mit ostfriesischen Kollegen zu arbeiten." Sie lächelte ihn freundlich an, während sie die Fahrertür öffnete und ihm ein Zeichen gab, ebenfalls einzusteigen.

3. Der Zeuge

Petkum war ein Stadtteil von Emden, wirkte aber auf Lina Eichhorn wie ein eigenständiges kleines Dorf. Es besaß eine schöne Kirche, einen eigenen Friedhof und eine Grundschule. Geschäfte gab es leider, wie in vielen dieser kleineren Ansiedlungen, nicht mehr aber immerhin noch eine Bäckerei, eine Bankfiliale und ein, zwei Kneipen beziehungsweise Restaurants.

Nach Anweisung ihres Emder Kollegen bog die Hauptkommissarin von der Hauptstraße in eine neuere Siedlung ab und hielt schließlich vor einem sauberen kleinen Bungalow in einer Sackgasse. Die Straßen hatten hier klangvolle Blumennamen und unterschieden sich nicht sehr voneinander. Die vorbildlich gepflegten Vorgärten waren von gerade geschnittenen niedrigen Hecken oder kleinen ordentlich gestrichenen Holzzäunen umgeben, die zu sagen schienen, dass hier niemand was zu verbergen hatte.

Die beiden Kollegen auf Zeit entstiegen dem Dienstwagen und näherten sich dem Haus. Gegenüber meinte Lina bereits eine Gardine in neugieriger Bewegung wahrzunehmen. Hier wurde jeder Fremde sofort ausgiebig beäugt und taxiert, da war sie sich ganz sicher.

Für polizeiliche Ermittlungen waren derartige Wohnverhältnisse von großem Vorteil. In solchen gewachsenen Dörfern gab es meistens keine Geheimnisse untereinander. Man musste bei Ermittlungen nur das Glück haben, auf auskunftsfreudige Nachbarn zu stoßen, ging ihr durch den Kopf.

Während die Hauptkommissarin noch ihren Gedanken nachhing, hatte sich auf das energische Klingeln ihres Kollegen die Haustür bereits geöffnet. Vor ihnen stand ein verstörter Joke Huismann. Er war noch immer bleich vom Schock, seine stark geröteten Augen huschten hilflos zwischen den beiden Beamten hin und her. Schließlich schien sein Gehirn Pantekook zu erkennen, mit dem er am Sperrwerk bereits gesprochen hatte.

„Moin! So, kommen Sie doch rein", stammelte er und ließ die Kriminalbeamten eintreten.

„Ich hab meine Kollegin, Frau Hauptkommissarin Eichhorn aus Oldenburg mitgebracht. Sie möchte Ihnen noch ein paar Fragen stellen, wenn wir nicht ungelegen kommen." Andreas Pantekook sprach leise und sanft mit dem Zeugen. Lina hätte dem Kollegen so viel Einfühlungsvermögen gar nicht zugetraut. Sie hatte bereits registriert, dass der Zeuge noch immer unter Schock stand.

Huismann hatte sich noch nicht umgezogen. Nur seine grüne Kappe und die Gummistiefel lagen unordentlich unter der Garderobe im Flur. Er lief auf dicken Socken, die feuchte Fußabdrücke auf den dunklen Bodenfliesen hinterließen, während er die Beamten in die Küche führte. Dort wirkte alles sehr sauber und aufgeräumt. Das schnurlose Telefon lag griffbereit auf dem Tisch. Daneben stand eine leere Bierflasche, die der Mann jetzt eilig in die Spüle stellte.

„Leben Sie hier allein, Herr Huismann?", fragte Frau Eichhorn besorgt.

„Nein, mit meiner Frau. Aber sie besucht an diesem Wochenende ihre Mutter in Hamburg. Was wollen Sie mich denn noch fragen? Ich hab doch schon alles erzählt." Joke Huismann ließ sich kraftlos auf einen der Küchenstühle sinken und starrte die Hauptkommissarin aus blutunterlaufenen Augen an.

„Das ist alles nur Routine, Herr Huismann, machen Sie sich darüber keine unnötigen Gedanken! Ich glaube, das schreckliche Erlebnis hat Sie gewaltig mitgenommen. Kann Ihre Frau vielleicht den Besuch abbrechen, damit Sie hier nicht allein sind? Oder gibt es jemanden, den Sie bitten könnten, Ihnen beizustehen?" Lina Eichhorn hatte ebenfalls am Küchentisch Platz genommen und versuchte den Zeugen nicht noch mehr aufzuregen. Er schien ein sehr empfindsames Gemüt zu besitzen.

„Ich hab schon mit Ingrid telefoniert. Sie will bis heute Abend zurück sein, damit ich in der Nacht nicht allein bin", erklärte er bedrückt.

„Könnten Sie so lieb sein, und mir nochmal wiederholen, wie sie das tote Mädchen gefunden haben? Und was Sie danach genau gemacht haben, bis die Polizei eingetroffen ist. Ich schalte das Aufnahmegerät ein, wenn es Ihnen recht ist. Das ist für mich einfacher, als ein Protokoll zu führen", verdeutlichte die Hauptkommissarin freundlich.

Lina Eichhorn ließ den verstörten Mann stotternd noch einmal wiederholen, wie er die Kinderleiche gefunden und aus dem Wasser gezogen hatte. Sie stellte keine Zwischenfragen, um Huismann nicht aus dem Konzept zu bringen. Als er geendet hatte, nickte sie ihm freundlich zu und sagte: „Sie haben uns wirklich sehr geholfen und alles vorbildlich gemacht. Überlegen Sie aber bitte nochmal ganz genau, ob sie das gesamte Bündel genauso an Land abgelegt haben, wie sie es aus dem Wasser gezogen hatten. Sind nicht etwa Teile der Kleidung oder Haarschmuck zum Beispiel, abgefallen und im Wasser geblieben?"

Joke Huismann sah sie so unwissend an, dass die Kriminalistin bei sich dachte, dieser Mann sei wie ein offenes Buch. Sie würde ihm gewiss jede Lüge sofort anmerken.

„Wir müssen Sie das fragen, weil es wichtig für die Ermittlungen ist. Es werden wahrscheinlich auch noch Spezialisten vom Landeskriminalamt in der Ems tauchen, um auszuschließen, dass wir tatrelevante Gegenstände übersehen. Wir wollen den Täter doch so schnell wie möglich finden, Herr Huismann." Sie legte ganz sanft ihre Hand über seine zerfurchte Pranke, die so hilflos auf dem geblümten Tischtuch ruhte.

Der Mann schüttelte nun kräftig den Kopf und bestätigte: „Ich hab alles zusammen an Land geholt und nichts anderes gesehen. Die rosa Haarspange war doch noch dran." Dann begann er erneut zu weinen.

Die Beamten erhoben sich, wie auf eine innere Absprache hin, und überließen den Zeugen seinem Schmerz, nachdem sie sich nochmals für seine Hilfe gedankt und ihm versichert hatten, dass sie den Täter bald dingfest machen würden.

4. Organisatorisches

Als sie zu Frau Eichhorns Dienstwagen zurückkamen, klingelte ihr Autotelefon. Sie wusste sofort, dass es privat war.

„Oh, das wird mein Vater sein", bemerkte sie an Andreas gewandt etwas genervt, während sie beide einstiegen.

„Hallo, Big Boss, ich bin gerade unterwegs in einem neuen wichtigen Fall. Ich rufe dich aber ganz bestimmt später zurück. Es geht jetzt wirklich gerade nicht!" Aus der Freisprechanlage hörte man nur ein unwirsches Knurren und dann wurde das Gespräch abgebrochen.

„Sie hätten doch ruhig kurz mit Ihrem Vater reden können. Ich kann auch einen Moment draußen warten", meinte Pantekook irritiert.

„Da kennen Sie meinen alten Herrn noch nicht! Der hat jede Menge Zeit, seit er im Altenwohnzentrum lebt und hält mich stundenlang auf. Das können wir uns nicht leisten. Die Zeit arbeitet leider immer gegen uns, deshalb wollen wir gerade jetzt keine Sekunde verschenken! Auf geht's!" Sie startete resolut den Wagen und war einige Minuten später wieder auf der Hauptstraße in Richtung Innenstadt unterwegs.

Das Polizeirevier lag gleich gegenüber des Bahnhofs. Es war keine weite Fahrt dorthin und trotz des regen Freitagsverkehrs unkompliziert zu finden.

„Ich hab Sie noch gar nicht gefragt, ob Sie hier in Emden Quartier nehmen wollen oder lieber täglich nach Oldenburg pendeln." Hauptkommissar Pantekook sah die noch immer attraktive Kollegin betulich vom Beifahrersitz aus an.

„Ja, darüber habe ich eigentlich gar nicht nachgedacht. Ich hab weder Sachen eingepackt, noch irgendwo ein Zimmer bestellt. Dafür war einfach keine Zeit. Ich bin stehenden Fußes ins Auto gesprungen und hergekommen." Sie setzte den Blinker links, um auf einer stark abfallenden Straße unter einer Eisenbahnbrücke durchzufahren. Der Straßenbelag war hier in denkbar schlechtem Zustand.

„Na, für die Straßen ist in Emden wohl kein Geld da! Das wirkt ja wie in der ehemaligen DDR", murmelte sie mit einem amüsierten Seitenblick auf den Kollegen. Der zuckte nur die Schultern und lächelte sie hilflos an. „Die Trogstrecke sieht schon seit Jahren so aus. Wir sind daran gewöhnt", meinte er resigniert, während Lina den Wagen mit Tempo dreißig gefühlvoll um die größten Löcher herum manövrierte.

„Auf der Hinfahrt habe ich ewig gebraucht. In der Baustelle bei Bad Zwischenahn war ein kilometerlanger Stau und dann noch der Ferienverkehr. Ich glaube, das ganze Ruhrgebiet ist unterwegs zur Küste. Wäre sicherlich im Sinne der Ermittlungen, wenn ich ab morgen hier in Emden logierte. Haben Sie denn vielleicht eine nette kleine Pension oder was ähnliches im Auge?" Lina überlegte bereits, wie sie es organisieren sollte, ihre persönlichen Sachen möglichst schnell aus Oldenburg zu holen.

„Ist natürlich in der Ferienzeit immer sehr schlecht, hier kurzfristig eine schöne Unterkunft zu finden. Außerdem hat ja auch das Wintersemester gerade angefangen, da suchen noch einige der Studenten eine preiswerte Wohnung und belagern vorübergehend die Hotels und Pensionen", dachte der Kollege laut nach, während Lina bereits auf den Parkplatz fuhr. „Es gäbe da vielleicht eine sehr einfache Lösung, wenn sie keine Abneigung gegen eine private Unterbringung haben?" Der Mann warf ihr einen abschätzenden und zugleich fragenden Blick zu. Lina fühlte sich ein wenig überrumpelt von dem Angebot, zumal

32

sie befürchtete, er wolle sie in seiner eigenen Wohnung unterbringen.

„Nun, ich möchte natürlich niemandem zur Last fallen, und außerdem schätze ich eine gewisse Distanz und Ungestörtheit in der wenigen freien Zeit, die mir normalerweise neben den Ermittlungen bleibt. In Oldenburg wohne ich auch allein." Sie stieg aus und verriegelte den Wagen nachdem auch Pantekook die Beifahrertür geschlossen hatte.

„Ihre Ruhe hätten Sie dort auf jeden Fall, eben nur keinerlei Service. Sie müssten sich selbst versorgen und wären allein in der Wohnung", erklärte Andreas, während sie auf ein gelb verklinkertes in die Jahre gekommenes kastenartiges Gebäude zustrebten. „Sie liegt jedoch so zentral, dass Sie ringsum mehrere Möglichkeiten zum Frühstücken oder Einkaufen finden. Die Adresse ist Große Straße. Das ist auch nicht weit vom Kommissariat entfernt. Sie müssten nur ein kleines Stück durch die Ringstraße laufen." Er deutete rechts am Wasserturm vorbei. Das imposant über die umliegenden Gebäude hinausragende Wahrzeichen der Stadt erstrahlte hell in der Herbstsonne, als wolle es sich für Lina geschickt in Szene setzen.

„Hört sich ganz gut an. Ich würde es mir nachher gern mal ansehen, wenn das möglich ist. Können Sie den Schlüssel ohne Schwierigkeiten besorgen?" Lina war beruhigt, nicht bei einem Kollegen wohnen zu müssen. Selbstversorgung war ihr im Grunde ganz lieb. So war sie mit der Zeiteinteilung etwas flexibler und wurde nicht ständig von neugierigen Vermietern über den Fall ausgehorcht.

Der Kollege hielt galant die Tür auf und fuchtelte ihr schon im nächsten Moment mit einem Schlüsselbund vor den Augen herum. „Hier! Der Schlüssel ist jedenfalls nicht unser Problem", lachte er Lina an und wirkte wie ein kleiner Junge, dem ein besonders witziger Streich gelungen war.

„Na, Sie sind aber hier von der schnellen Truppe! Das hätte ich nun wirklich nicht erwartet. Wenn wir den Fall dann auch so schnell aufklären, wie wir das Wohnungsproblem gelöst haben, bekommen wir glatt noch einen Orden oder werden zu Hauptkommissaren des Monats gewählt", lachte Lina zurück und war für einen Augenblick so unbeschwert, als gäbe es diesen schrecklichen Fall überhaupt nicht.

Die typische Atmosphäre des Kommissariats brachte sie jedoch schnell wieder auf den Boden der Tatsachen zurück. Das Gebäude hatte den üblichen Geruch nach desinfizierenden Putzmitteln an sich. Die Flure führten an zahlreichen Büros vorbei, deren Türen überwiegend geschlossen und mit Namensschildern versehen waren. Hier und da hing ein etwas verblichener Druck irgendeines bekannten Kunstwerkes. Es wirkte eher trostlos auf sie, als ihre Laune zu heben.

Ihr Kollege ging strammen Schrittes voraus und lamentierte ununterbrochen über die hoffnungslose Unterbesetzung. Sie hörte ihm gar nicht mehr zu, jedoch schienen die leeren Flure seine Rede zu bestätigen. Endlich kamen sie an einer Tür an, die er energisch öffnete.

Als Lina Eichhorn eintrat, schlug ihr ein abgestandener Geruch entgegen. Aber Pantekook war bereits dabei, ein Fenster zu öffnen. „Wir müssen die Fenster immer schließen, wenn wir die Büros verlassen. Sie wissen, wegen dem Wind hier in Emden, und dazu ist das natürlich auch parterre", erklärte er und zeigte sofort auf den Schreibtisch direkt beim Fenster: „Das ist dann Ihr Platz, wenn es recht ist, Frau Kollegin."

„Ja, das ist sehr gut so! Danke Andreas, mir ist alles recht, wenn es nur mit der Arbeit losgehen kann." Lina hängte ihre Jacke an die Garderobe und setzte sich sofort an den Schreibtisch. Mit einer gewissen Befriedigung drehte sie sich einmal auf dem bequemen Schreibtischstuhl herum und blickte neugierig umher. Pantekook hatte sich kurz zur Toilette verzogen. So konnte sie ihren neuen Arbeitsplatz ungestört unter die Lupe nehmen.

Der Raum wirkte durch das großzügige Fenster hell und freundlich. Er war für zwei Schreibtische reichlich geräumig. An einer Wand befanden sich ein abschließbarer Schrank und daneben ein nicht zu kleiner stabiler Tisch, der zum Ablegen von Akten oder für ähnliches gedacht war. Es gab außer den Schreibtischstühlen noch vier Besucherstühle aus hellem Holz, die zur Einrichtung passten und recht neu aussahen. Das Zimmer war in einem Lindgrün frisch gestrichen. Sie wunderte sich darüber, weil in ihrem Büro in Oldenburg seit Jahren nichts renoviert worden war, und die Besucherstühle nahe davor standen zusammenzubrechen.

Auf ihrem Schreibtisch befanden sich ein Computerbildschirm und eine Tastatur, daneben lag eine Funkmaus. Sie arbeitete gewöhnlich mit einem Laptop, aber wenn alles funktionierte, sollte das nicht ihr Problem sein. Eine leichte Bewegung der Maus brachte den Bildschirm zum Erwachen. Der Computer war also eingeschaltet und wie sie bemerkte, nicht durch ein Passwort gesperrt. Diesbezüglich würde es immerhin keine Verzögerungen geben. Auch die wichtigen Telefonnummern und Webadressen standen auf einer Liste unter der Schreibtischauflage.

Das war offensichtlich eine gut organisierte Abteilung. Ihr fehlte hier nichts, außer vielleicht ein paar Grünpflanzen auf der kahlen Fensterbank. Aber das war ja nun wirklich nicht lebensnotwendig, dachte sie und wählte auch schon die Nummer ihres Vaters im Altenwohnheim.

„Eichhorn", mümmelte der Alte unwirsch zwischen den Zähnen hervor, nachdem er das Telefon mindestens achtmal klingeln gelassen hatte.

„Aber Big Boss, du kannst doch auf der Anzeige sehen, dass ich das bin! Bist du noch immer beleidigt? Ich hab dir doch gesagt, dass ich einen neuen schwierigen Fall habe. Ich bin in Emden und muss dort auch für ne Weile bleiben. Heute Abend, wenn ich meine Sachen aus der Wohnung geholt hab, schau ich kurz bei dir rein. Dann können wir gern alles weitere besprechen. Jetzt hab ich leider gar keine Zeit." Lina versuchte einfühlsam mit ihrem alten Herrn umzugehen, aber unter Zeitdruck gelang ihr das nicht recht.

Der Vater knurrte wieder und meinte dann verärgert: „Das kenne ich ja von dir! Ist das vielleicht jemals in deinem Leben anders gewesen? Immer nur die Arbeit und keine Zeit, keine Zeit. Na, dann bis heute Abend. Ich kann sowieso nicht schlafen. Du störst also nicht." Er drückte ohne ein Wort des Abschieds das Gespräch weg. Seine verdutzte Tochter schaute resigniert ihr Smartphone an, während Pantekook voller Tatendrang mit zwei Bechern dampfendem Kaffee wieder ins Büro zurück kam.

5. Joe Kokker

Derweil die beiden Hauptkommissare bereits damit begannen, die Vermisstenanzeigen durchzusehen, erschien der junge Kollege Hannes Küpper wieder auf der Bildfläche. Er öffnete, unvermittelt ohne anzuklopfen, mit einem kräftigen Schwung die Bürotür, der sie gegen die Wand knallen und Lina Eichhorn erschreckt zusammenfahren ließ.

„Moin", rief er fröhlich, warf die arme Tür genauso schwungvoll hinter sich ins Schloss, griff sich einen der Besucherstühle und hockte sich vor Pantekooks Schreibtisch.

„Ich hab das erledigt mit den Leuten vom Sperrwerk. Wir bekommen heute noch die Liste der Mitarbeiter, die in den letzten zwei Tagen dort gearbeitet haben. Es gab allerdings auch einen ganzen Haufen Besucher. Die machen da ja regelmäßig Führungen. Die sind aber meistens angemeldet, und da bekommen wir dann auch Namen. Videoüberwachung war eher ein Flopp. Die haben da nur ein Gerät, was das Absperrgitter überwacht. Da sieht man nicht groß was von der Umgebung. Wir können uns die Aufzeichnungen aber jederzeit ansehen." Der lang aufgeschossene junge Mann mit dem störrischen strohblonden Haar musste nun Luft schnappen. Dabei sah er seinen Chef so stolz an, als wolle er für seine Arbeit einen Orden haben.

„Das hast du gut gemacht Hannes! Wenn wir wissen, wann das Mädchen in die Ems geworfen wurde, gucken wir uns das entsprechende Band dann an. Wird uns die Namensliste per Email übersandt oder per Fax?" Es wirkte sehr souverän, wie Pantekook mit dem jungen Kommissar-Anwärter umging.

Lina gefiel das Klima, welches in diesem Kommissariat herrschte. Sie war gespannt darauf, die anderen Kolleginnen und Kollegen kennenzulernen, die hier arbeiteten.

„Lina, haben Sie inzwischen irgendwas gefunden, was zu unserer Kinderleiche passen könnte? Ich hab hier übrigens die Fotos gerade übermittelt bekommen, die unser Fotograf am Tatort geschossen hat. Ich schick Sie Ihnen auf den PC. Können Sie sich ja mal kurz ansehen." Pantekook war flink mit der Tastatur. Die Hauptkommissarin erhielt das Material im Handumdrehen und öffnete die Datei sofort voller Ungeduld.

Während sie sich durch die genauen Fotos vom Fundort der Kinderleiche und dem toten Mädchen klickte, meinte Andreas: „Wir können die Fotos natürlich auch jederzeit ausdrucken, wenn Sie das bevorzugen. Im Schrank steht eine Magnettafel, an der man das alles befestigen oder auch Strategiebilder aufzeichnen kann. Unser leider erkrankter Dienststellenleiter hatte das sozusagen als sein Steckenpferd." Er lachte leise, und Küpper fuhr sich mit beiden Händen durchs strohige Haar, während er laut und vernehmlich seufzte.

„Ist im Moment nicht unbedingt nötig. Ich komme gut damit zurecht, alles auf dem Bildschirm anzusehen. Wir sollten aber unbedingt ein bearbeitetes Foto für die Veröffentlichung herstellen lassen. Es gibt, wie es aussieht, keine Vermisstenanzeige in ganz Niedersachsen, die zu unserer Leiche passt. Da kommen wir nicht umhin, die Bevölkerung um Mithilfe zu bitten." Die Hauptkommissarin steckte bereits mitten in den Ermittlungen.

„Ja, sicher, der Fotograf kann uns dabei bestimmt helfen. Der sitzt aber ganz oben unterm Dach. Wollen Sie persönlich hin oder ihn anrufen? Der heißt Joe Kokker. Steht auf Ihrer Telefonliste."

„Joe Cocker?", lachte Lina. „Da waren die Eltern aber sicher echte Fans." Sie suchte unter C und fand den Namen nicht. Kopfschüttelnd sah sie zu ihrem Kollegen hinüber: „Das ist wohl sein Spitzname? Hier steht der jedenfalls nicht drauf."

„Ach, Entschuldigung! Der steht auf der zweiten Seite und schreibt sich mit K nicht mit C. Ist also kein direkter Namensvetter – leider."

„Wer ist dieser Joe Cocker, Chef?" Hannes kratzte sich an der Nase und ließ seinen unwissenden Blick zwischen den älteren Kollegen hin und her wandern.

„Das war ein erfolgreicher Sänger in den Siebzigern. Ist aber vor paar Jahren gestorben", erklärte Pantekook bereitwillig. Dann fügte er beruhigend hinzu: „Ist nicht tragisch, wenn du den nicht kennst. Das war lange vor deiner Geburt und ist gewiss auch nicht deine Musik. Kannste aber im Internet googeln"

Kommissarin Eichhorn wählte derweil die interne Nummer, welche auf der Telefonliste angegeben wurde. Der Apparat war besetzt.

„Ich gehe selbst nach oben. Der spricht nämlich im Moment. Wir haben nicht die Zeit abzuwarten, bis man ihn mal erreicht. Herr Küpper könnten Sie mir bitte den Weg zeigen? Dann kann Herr Pantekook inzwischen weiterarbeiten." Lina erhob sich vom Schreibtisch, während der Kommissar-Anwärter aufsprang wie ein Teufel aus der Kiste und dabei den Stuhl fast umwarf. Eilig rannte er zur Tür und riss sie weit auf. „Kommen Sie, Frau Eichhorn, es ist nicht schwer zu finden", rief er übermotiviert und rannte auch schon los.

Lina hatte Schwierigkeiten mit ihm Schritt zu halten, zumal sie durch das Treppenhaus bis zur obersten Etage mussten. Er nahm mit seinen langen Beinen immer zwei Stufen gleichzeitig und rief ihr von oben über die Schulter zu: „Ich nehme nie den Fahrstuhl. Das hält fit!"

Lina keuchte ein wenig, als sie die oberste Stufe erreichte. Sie war nun Anfang fünfzig und hielt sich immer noch gut in Form. Vom Aussehen konnte sie es jederzeit mit wesentlich jüngeren Frauen aufnehmen. Ihre Figur hatte sich seit zwanzig Jahren kaum verändert, auch weil sie in Oldenburg regelmäßig ins Fitnesscenter ging. Früher hatte sie zwar noch zusätzlich Karatetraining gemacht. Das war jedoch im Laufe der Berufsjahre vom ewigen Zeitmangel wegrationalisiert worden.

Sie ärgerte sich jetzt ein wenig, weil gleichzeitig mit ihrer Atemlosigkeit in ihrem Hinterkopf der Lieblingsspruch ihres alten Herrn auftauchte: Die Bio-Uhr tickt für uns alle!

Zwei, drei tiefe Atemzüge und sie hatte sich wieder gefangen, während Küpper bereits vor der Tür angekommen war und sie sofort aufreißen wollte.

„Herr Küpper, nun stürmen Sie doch nicht los, wie ein wilder Stier. Warten Sie auf mich und klopfen Sie an!", rief die Hauptkommissarin hinter ihm her. Als sie ihn schnellen Schrittes eingeholt hatte, dankbar dafür, dass sie bequemes Schuhwerk trug, murmelte er vor sich hin: „Anklopfen? Wo gibt's denn sowas? Altmodische Methoden aus Oldenburg...", tat ihr aber den Gefallen und schlug mehrmals kräftig gegen das Türblatt.

Die Tür wurde von einem leger gekleideten schlanken Mann geöffnet, der mit Joe Cocker nichts gemeinsam hatte. Er blickte die beiden Kriminalbeamten fragend an, blieb einen Moment irritiert in Linas grünen Augen hängen und sagte dann einfach: „Hallo!"

„Hallo, Herr Kokker, ich bin Lina Eichhorn aus Oldenburg. Ich arbeite hier in der SoKo wegen

44

des toten Mädchens mit Hauptkommissar Pantekook zusammen. Kann ich Sie kurz sprechen?"

„Selbstverständlich, kommen Sie rein, Frau Einhorn. Was kann ich für Sie tun?" Kokker gab die Tür frei und ließ Lina eintreten. Sie drehte sich zu dem Kommissar-Anwärter um und schickte ihn wieder zu Pantekook nach unten, damit er sich bei den laufenden Recherchen nützlich machen konnte.

Der Raum, in dem sie sich nun befand, war etwas kleiner als ihr vorübergehendes Büro im Erdgeschoss. Das große Fenster zeigte direkt auf den Wasserturm, der monumental über der stark befahrenen Straße aufragte. Da das Polizeigebäude ein Flachdach aufwies, wirkte das schmucklose Arbeitszimmer, in dem es vor Technik nur so wimmelte, ohne jegliche Schrägen in den Wänden nicht wie eine Dachkammer.

„Nehmen Sie doch bitte Platz, Frau Einhorn! Wie kann ich Ihnen helfen?" Joe Kokker zog einen nicht sehr vertrauenswürdig wirkenden Besucherstuhl an einen der Tische, die mit Unterlagen bedeckt waren.

Der Mann war ungefähr in ihrem Alter, schätzte Lina. Sein halblanges sehr schwarzes Haar trug er gerade geschnitten und streng zurückgekämmt. Erste Anzeichen von Geheimratsecken ließen sich erkennen, wenn man genau hinsah. Doch sein Gesicht wirkte, bis auf einige Lachfältchen, ziemlich jung und glatt. Die dunklen Augen, neben dem rechten befand sich ein kleines Muttermal, blickten sie jetzt unter sehr schön geschwungenen Brauen fragend an, während er sich auf die Schmalseite des Tisches setzte. Seine muskulösen Oberschenkel zeichneten sich in den knallengen verwaschenen Jeans einer teuren Marke erotisch ab.

Joe Kokker - der Indianer, schoss es durch Linas Kopf. Sie begutachtete die etwas mandelförmigen Augen, den sinnlichen Mund und die schmale gebogene Nase mit nicht geringem Interesse. Dann sagte sie: „Lina Eichhorn, leider nicht wie das zauberhafte Fabeltier, sondern lediglich ein kleiner pelziger Nager, der von Baum zu Baum springt", und lächelte ihn freundlich an.

„Oh, entschuldigen Sie bitte! Ja, mit den Namen ist das nicht immer so einfach. Ich kann auch ein Lied davon singen." Er errötete tatsächlich unter seinem hellbraunen Teint über den unfreiwilligen Witz und schaute sie etwas verwirrt an.

Lina musste lachen. Dann besann sie sich jedoch wieder ihres Anliegens und kam schnell zur Sache. Kokker wusste sofort, was sie benötigte. Er wirkte intelligent und geistig wendig. Außerdem schien er es gewöhnt zu sein, dass sie alle dauernd Sonderwünsche hatten und unter Zeitdruck standen.

„Ja, das ist kein Problem, Frau Eichhorn. Ich weiß genau, was sie brauchen. Waren die anderen Fotos aussagekräftig genug, dass Sie damit weiterkommen? Ich könnte auch nochmal in die Gerichtsmedizin fahren, um ein paar Detailaufnahmen von der Untersuchung der Leiche zu machen. Immerhin war die Kleine ja total bekleidet, als wir sie beim Sperrwerk gefunden haben. Da sieht man nicht alles", bot er sich an.

Dann erklärte er weiter: „Ich arbeite hier für die gesamte Polizeiinspektion Leer-Emden und hab schon einige Erfahrung mit Tötungsdelikten. Wir haben auch ein ganz neues Programm, um die Fotos entsprechend zu bearbeiten. Wir sind sogar in der Lage einem Gerippe wieder ein Gesicht zu geben." Er wirkte nun ein wenig stolz auf seine Arbeit. Die Hauptkommissarin befürchtete, dass er ihr alles haarklein erklären wollte und erhob sich deshalb, um sich zügig zu verabschieden.

„Ich muss nun wieder an die Arbeit, Herr Kokker. Ich wäre dankbar, wenn Sie mir das bearbeitete Foto schnell mailen könnten. Ob wir noch andere Aufnahmen benötigen, können wir besprechen, wenn die ersten Ergebnisse der pathologischen Untersuchung vorliegen. Herzlichen Dank, vorerst." Mit einem freundlichen Nicken verschwand sie durch die Tür und eilte schnellen Schrittes zurück in ihr Büro.

6. Die Wohnung

Sie traf hier auf Andreas Pantekook, der mit einer kleinen molligen etwa vierzigjährigen Frau sprach.

„Oh, Frau Eichhorn, da sind Sie ja wieder! Darf ich Ihnen Frau Neemann vorstellen. Sie ist die gute Seele unserer Abteilung und arbeitet hier als Sekretärin für unseren im Augenblick erkrankten Dienststellenleiter." Er hatte sich höflich von seinem Stuhl erhoben, legte der Frau mit dem freundlichen runden Gesicht kameradschaftlich den Arm um die Schulter, zwinkerte ihr zu und meinte lachend: „Sie hilft uns aber auch, wo sie kann und kocht sogar Kaffee, wenn es sein muss."

Lina ergriff die weiche warme Hand, die ihr ohne Zögern entgegengestreckt wurde, und begrüßte die nette Sekretärin freundlich. So sehr es sie freute, eine weitere hilfreiche Kollegin kennenzulernen, wollte sie aber endlich in Ruhe weiterarbeiten. Hoffentlich entwickelt sich dieses Büro nicht zu einem Taubenschlag, dachte sie etwas frustriert und setzte sich an den Schreibtisch.

Frau Neemann fragte, ob noch Kaffee gewünscht würde und machte sich dann sofort davon, als habe sie ihre Gedanken gelesen. Sie hatte außerdem glücklicherweise nicht die Angewohnheit, die Türen zu schlagen.

„Andreas, haben Sie vielleicht in den Vermissten-Meldungen irgendwas gefunden, was uns weiterhelfen könnte?", wandte Frau Eichhorn sich an den Kollegen.

„So kleine Kinder werden nirgends in ganz Norddeutschland vermisst. Wir haben zwar ein paar Tötungsdelikte, schwere Körperverletzungen oder Sexualstraftaten, aber alles nur aus dem direkten Umfeld des jeweiligen Kindes. Der einzige Fall, in Verbindung mit Wasser, wäre in der Nähe von Wilhelmshaven. Ertrinkungstod eines kleinen Jungen, wahrscheinlich durch Vernachlässigung der Aufsichtspflicht. Sämtliche Ermittlungen laufen bereits auf Hochtouren. Es ist auch weiter nichts hier aus dem Umkreis. Wir müssen vielleicht die Obduktion abwarten, um die Tat genauer eingrenzen zu können." Der Hauptkommissar wirkte etwas bedrückt.

„Ja, da haben Sie recht. Wir wissen bisher nicht viel über die Todesursache der Kleinen. Was denken Sie, wann wir mit Ergebnissen der Gerichtsmediziner rechnen können?"

„Die werden mit Sicherheit bereits zugange sein. Was halten Sie davon, dort persönlich vorbeizufahren. Es liegt auf ihrem Weg nach Oldenburg. Sie müssen doch Ihre Sachen noch holen, da wäre das ein Abwasch", schlug der Kollege vor.

Lina fand die Idee sehr gut. Vorher wollte sie aber gern noch die Wohnung in Augenschein nehmen.

„Ja, so machen wir das!" Andreas Pantekook wirkte begeistert. „Auf dem Weg zur Wohnung könnten wir sogar ne Kleinigkeit essen, falls Sie auch hungrig sind."

Die Wohnung war wirklich zu Fuß innerhalb von zehn Minuten zu erreichen. Sie machten unterwegs bei einem kleinen italienischen Restaurant Halt, und aßen jeder eine sehr leckere Pizza. Das war auf jeden Fall ein großer Vorteil, dass es hier ein gutes Restaurant gab. Und Andreas berichtete ihr, während der gemeinsamen Mittagspause, noch von weiteren kulinarischen Möglichkeiten in der Nähe.

Nach dem sehr harmonischen Essen brachte Pantekook die Hauptkommissarin zu der Unterkunft. Sie hatte ihn, während sie im Restaurant auf das Essen gewartet hatten, ein wenig ausgefragt und erfahren, dass es sich um die vorübergehend leer stehende Eigentumswohnung des kranken Dienststellenleiters handelte. Der Mann befand sich nach einer schweren Krebserkrankung zurzeit in einer Reha-Maßnahme, die mehrere Wochen in Anspruch nehmen würde. Andreas ließ durchblicken, dass sie alle nicht mehr mit seiner Rückkehr an den Arbeitsplatz vor dem Jahreswechsel rechneten.

Nun schloss er routiniert die Wohnungstür im zweiten Stock eines gepflegten Mehrfamilienhauses auf. Auf dem Klingelschild aus blankem Messing stand schlicht der Name *Oliver Grothe*.

„Oliver hat mir die Schlüssel anvertraut, weil er keine Angehörigen hat, die hier mal nach dem rechten schauen können", erklärte er und hielt ihr die Tür auf, damit sie vor ihm eintreten konnte.

Lina bemerkte, dass es leicht nach abgestandenem Zigarettenrauch roch. Die Garderobe in der Diele war leer. Auf einem kleinen Tisch stand ein Telefon, daneben ein zierlicher Armstuhl. Sie kannte sich mit Möbelstilen nicht besonders gut aus. Ihre eigene Einrichtung in Oldenburg war fast ausschließlich von Ikea. Dies schienen eher Möbel einer gehobeneren Preisklasse zu sein. Allzu hässlich wirkten sie jedoch nicht und dazu sehr gepflegt. Der schmale Dielenschrank mit Spiegel passte im Stil. Die Tapete mit einem dezenten Streifenmuster war eher schlicht und hell gehalten. Von der langgestreckten Diele gingen vier weitere Türen ab. Eine stand etwas offen, sodass Lina in eine sehr aufgeräumte sonnige Küche mit kleinem Esstisch blicken konnte. Auf der Fensterbank standen zwei völlig verkümmerte Topfpflanzen.

„Na, die Blumen haben Sie aber nicht gegossen, Andreas." Sie lächelte ihn dabei an, um nicht vorwurfsvoll zu wirken. Schließlich gingen sie die Pflanzen des Wohnungseigentümers nicht wirklich etwas an, obwohl sie sofort ihr Mitleid erregten.

Der Kollege trat schnell ans Fenster, kippte es, um frische Luft hereinzulassen und warf nur einen verstohlenen Blick auf die verwelkten Blumentöpfe.

„Ja, einen grünen Daumen habe ich nicht gerade – leider", bedauerte er. „Der Chef hatte aber auch nichts von dem Grünzeug gesagt. Ich soll nur die Post rausnehmen und hin und wieder lüften. Den Rauchgeruch bekommt man aber leider nicht mehr richtig raus."

Er führte Lina dann durch die anderen Räume. Der Stil in der gesamten Wohnung schien der gleiche, wie im Eingangsbereich zu sein. Alles war pastellfarben gehalten und wirkte edel aber nicht protzig. Im Schlafzimmer war das große bequeme Bett abgezogen, und es roch dort erfreulicherweise nicht nach Rauch. Insgesamt konnte die Hauptkommissarin mit dieser Unterkunft gut leben.

„Die Bezahlung läuft ja über die Behörde. Sprechen Sie dann mit Herrn Grothe, damit er sein Geld auch bekommt? Ich hoffe, es wird ihm überhaupt recht sein, dass ich in seinem privaten Reich vorübergehend wohne?" Sie musste plötzlich voll Mitgefühl an den schwerkranken Dienststellenleiter denken, der sich in der Reha sicher nach seinem gepflegten Zuhause sehnte.

„Ach, Oliver ist das ganz sicher recht. Der hat seine Wohnung auch schon an Fremde vermietet, wenn er im Urlaub auf Malle war. Er besitzt dort nämlich eine kleine Finka. Ich rufe ihn gegen Abend an und kläre alles ab. Sie können dann Ihre Sachen holen und sich hier häuslich einrichten. Parkplätze für Anlieger sind hinter dem

Haus. Der Parkausweis liegt auf dem Schränk-
chen im Flur. Ich gebe Ihnen jetzt die Schlüssel
und verziehe mich. Ich muss nämlich unbedingt
noch mit dem Leiter der Polizeiinspektion in Leer
telefonieren." Andreas Pantekook verabschiedete sich schnell, nachdem er Lina einen angenehmen Aufenthalt gewünscht hatte, als wäre er ein
Hotelier und sie sein Feriengast.

Sie schloss die Tür hinter ihm und schüttelte den
Kopf über so viel Verbindlichkeit. Dann schlenderte sie nochmals durch alle Räume, stellte hier
und da ein Fenster auf Kipp, benutzte die ge-
pflegte Toilette, und registrierte hocherfreut,
dass es eine bequeme Badewanne gab, bevor sie
sich auf den Weg nach Oldenburg machte.

7. Pathologie

Im gerichtsmedizinischen Institut traf Lina Eichhorn auf Professor Zanetti, den sie bereits am
Fundort der Kinderleiche gesehen hatte. Eine
etwas zu schlanke Frau, ungefähr Mitte dreißig,
die einen langen aschblonden Pferdeschwanz
trug, der sehr gut mit ihrem kantigen Gesicht
harmonierte, ging ihm bei der Obduktion des
Mädchens zur Hand.

Der Professor blickte kaum von seinem blutüber-
strömten Arbeitsfeld auf, als die Hauptkommissarin eintrat, und nickte ihr nur kurz zu, während
er durch seinen Mundschutz brummelte: „Ach,
gut dass Sie persönlich vorbeischauen. Dann
kann ich Ihnen gleich etwas wichtiges zeigen.
Miranda, nun stellen Sie sich doch nicht immer
so dumm an. Geben Sie schon her - das Skalpell!"
Er nahm der Mitarbeiterin das blutige Instrument
aus der Hand und legte es zur Seite, ohne darauf
zu achten, dass diese vor Empörung knallrot an-
lief und ihre Backen aufblies.

„Frau Hauptkommissarin, treten sie doch bitte
einen Schritt näher, damit Sie alles genau sehen
können!" Der Pathologe zog seinen Mundschutz
kurz unter das Kinn, um besser sprechen zu kön-

nen. Dann schubste er die junge Frau, die ihn noch immer völlig sprachlos und wütend anstarrte, einfach zur Seite, um der Kriminalistin einen guten Blick auf den Seziertisch mit dem kleinen Leichnam zu ermöglichen.

Lina Eichhorn tat die junge Ärztin Leid, die sich jetzt frustriert bis zur Wand zurückzog und dort mit gesenktem Blick stehen blieb. Sie wandte sich direkt der Frau zu und stellte sich ihr mit einigen freundlichen Worten vor.

„Ach, ja, entschuldigen Sie bitte, dass ich Ihnen meine Assistentin, Frau Dr. Hogeboom, nicht vorgestellt habe. In unseren unterkühlten Gemäuern ist meistens für Höflichkeiten wenig Zeit." Der Pathologe lächelte etwas linkisch und durchaus schuldbewusst, ging dann aber sofort wieder zur Sache über.

„Wir haben überall Abstriche gemacht, weil die Kleine starke Hämatome und andere Gewaltmerkmale zeigt. Könnte sein, dass sie sexuell missbraucht wurde. Glücklicherweise lag sie nur ein paar Stunden im Wasser und ist auch höchstens vierundzwanzig Stunden tot. Wir haben gewisse Chancen in den Hautfalten oder Körperhöhlungen noch DNA-Spuren vom Täter zu finden, falls er uns welche hinterlassen hat." Er drehte den malträtierten zarten Körper auf die Seite.

„Sehen Sie hier, Frau Eichhorn, es gibt eine kleine Tätowierung auf ihrer Schulter." An die Assistentin gewandt befahl er: „Bringen Sie mir doch nochmal die Lupe, Miranda, nun machen Sie schon!"

Lina betrachtete die schwarze Zeichnung eingehend durch das Vergrößerungsglas.

„Es sieht aus wie eine stilisierte Hand, würde ich meinen", vermutete sie und sah den Arzt fragend an.

„Ja, genau! Derartige Tattoos hab ich schon öfter gesehen. Es handelt sich um ein beliebtes Motiv bei Moslems. Das ist die Hand der Fatima. Sie wissen schon diese Schwester Mohameds."

„Aha, sie könnte also eine kleine Mohammedanerin sein? Das wäre immerhin ein Anhaltspunkt. Wir haben nämlich bisher leider keine Vermissten-Meldung vorliegen, die zu ihr passt. Sagen Sie mir doch bitte noch, Herr Professor Zanetti, ob das Mädchen ertrunken ist oder ob sie schon tot war, als sie in die Ems geworfen wurde." Lina bemerkte, dass ihr von dem eigentümlichen Geruch langsam übel wurde und wollte schnell zum Schluss kommen.

„Sie ist definitiv nicht ertrunken. Kein Wasser in der Lunge! Die Todesursache war ein Genickbruch. Aufgrund der Hämatome vermute ich, dass sie auf eine scharfe Kante gestürzt ist. Hilft Ihnen das erst mal weiter, Frau Hauptkommissarin oder haben Sie im Augenblick noch wichtige Fragen? Wir würden sonst gern jetzt weiterarbeiten. Es gibt noch viel zu tun. Wir stehen erst am Anfang. Den ausführlichen Bericht erhalten sie so schnell wie die Ergebnisse da sind." Professor Zanetti zog sich die Maske wieder vor das Gesicht und nickte Lina kurz zu. Dann winkte er seine Assistentin mit einer ungeduldigen Bewegung an den Obduktionstisch zurück und war auch schon wieder mit dem Sezierbesteck beschäftigt.

„Vielleicht noch eine kurze Frage, falls Sie mir die schon beantworten können. Wie alt ist das kleine Mädchen ungefähr gewesen?" Lina stand schon in der geöffneten Tür, als sie auf die Antwort wartete.

„Ich denke so zwischen sechs und acht Jahre alt. Genauer werden wir das noch beim Röntgen der Knochen feststellen können, denke ich. Der Zahnwechsel war noch nicht abgeschlossen. Die

Kleine war aber sehr mager, man könnte sagen unterernährt. Im Magen haben wir auf den ersten Blick nur ein paar Gummibärchen gefunden. Die wird sie kurz vor ihrem Tod ganz verschlungen haben. Aber da muss die genaue Analyse natürlich abgewartet werden." Ohne ein weiteres Wort des Abschieds wandte sich der Arzt wieder seiner blutigen Arbeit zu.

Lina Eichhorn verließ die Pathologie mit einer gewissen Beklemmung und atmete draußen angekommen mehrmals tief durch. Die kleine Leiche hatte so völlig unbekleidet noch zarter und hilfloser gewirkt. Hinzu kamen die einschneidenden postmortalen Verletzungen, die der Pathologe dem kleinen Mädchen zwangsläufig zufügen musste.

Schweren Herzens fuhr die Hauptkommissarin zu ihrer Wohnung in Oldenburg, um einen kleinen Koffer mit den wichtigsten Sachen zusammenzupacken.

8. Big Boss

Es war schon später Nachmittag als Lina sich zum Altenwohnheim aufmachte, in dem ihr Vater seit über einem Jahr lebte.

Sie hatten lange Zeit in zwei benachbarten Mietwohnungen gewohnt. Aber seit Big Boss angefangen hatte, seine Hausschlüssel ständig zu verlegen, den Herd nach dem Kochen anzulassen und im Schlafanzug auf die Straße zu laufen, konnte es so nicht mehr weitergehen. Sie hatten sich beide zu einem ernsten Gespräch zusammengesetzt und nach einer akzeptablen Lösung gesucht. Lina war sehr erstaunt gewesen, dass ihr alter Herr schließlich bereitwillig in ein Altenwohnheim gezogen war. Ihr wurde dadurch eine große Bürde abgenommen, denn mit ihrem anstrengenden Beruf konnte sie den Vater nicht regelmäßig selbst betreuen.

Der pensionierte Kriminalbeamte war kontaktfreudig und hatte nach kurzer Zeit viele Freundschaften in der neuen Umgebung geschlossen. Er fand hier Zuhörer, die an seinen Lippen hingen, wenn er begeistert von seinen spektakulären Fällen berichtete.

Da die Mehrzahl der Heimbewohner aus Frauen bestand, fühlte er sich wie der Hahn im Korb und lebte richtiggehend auf. Eine der Betreuerinnen hatte ihm den Spitznamen *Belami* verpasst. Zum Dank dafür hatte er sie bei einem Musikabend durch den Aufenthaltsraum gewirbelt. Spätestens seit diesem Vorfall lag ihm die holde Weiblichkeit uneingeschränkt zu Füßen. Lina konnte es nur recht sein, dass der Vater sich wohlfühlte und nette Kontakte pflegte. Allein zu Hause wäre er auf die Dauer doch nur vereinsamt.

„Ach, da bist du ja endlich", rief Big Boss als seine Tochter sein freundlich eingerichtetes Zimmer betrat. Der Fernseher lief auf voller Lautstärke. Lina drückte dem alten Herrn einen Kuss auf die Wange und griff nach der Fernbedienung, um das Geplärr auf ein erträgliches Maß zu reduzieren.

„Ich dachte schon, du würdest es heute nicht schaffen. Was macht der neue Fall?" An ihren Fällen war der Alte noch immer brennend interessiert, wenngleich sein Kurzzeitgedächtnis ihm zunehmend Streiche spielte und er deshalb manches vergaß oder durcheinander brachte.

„Ich muss für einige Tage nach Emden. Dort wurde ein kleines Mädchen tot aus der Ems gezogen.

Ein Gewaltverbrechen ist sehr wahrscheinlich. War ein trauriger Anblick. Ich hab vorhin erst in der Pathologie vorbei geschaut. Das hat mich schon ziemlich mitgenommen." Lina ließ sich müde in den dick gepolsterten zweiten Sessel sinken, der neben einem kleinen Tisch in einer Zimmerecke stand.

„Ja, das mit den Kleinen ist bei weitem das schlimmste, was man verkraften muss", sinnierte Herr Eichhorn und wischte sich mit dem Handrücken einen Speichelfaden vom Kinn. „Ich hatte mal einen Fall, mit zwei Babyleichen in einer Gefriertruhe... Ich sag dir, manchmal träume ich heute noch, dass mich die vereisten Augen durch die Plastiktüte anstarren und wache dann schweißgebadet auf. Wie können Menschen so herzlos sein und hilflosen Kindern etwas so Grausames antun? Ich kann nur sagen: Der Mensch ist schlimmer als jedes Raubtier!" Er stierte vor sich hin und zitterte resigniert mit dem Kopf.

Lina gefiel es nicht, dass der alte Herr nun ihretwegen in traurige Stimmung geriet, deshalb fragte sie: „Läuft heute gar kein Fußball? Was macht denn der HSV so?"

„Ach, die spielen demnächst gegen St. Pauli. Das wird ne heiße Nummer. Sind ja im Augenblick beide in der zweiten Liga. Das wird ein tolles Derby. Am liebsten würde ich mir Karten dafür besorgen und das in Hamburg im Stadion anschauen. Ist doch ganz was anderes, als auf der Mattscheibe. Das wird ne Mordsstimmung sein! Ist ja auch nur noch diese Saison möglich, denn der HSV steigt selbstverständlich im Sommer wieder auf. Die sind ja immer erstklassig gewesen." Er hatte jetzt rote Wangen und wirkte ganz begeistert.

„Vielleicht könnten wir zusammen ins Stadion gehen, wenn ich frei bekomme. Vorausgesetzt ich ergattere noch Karten. Ich will es auf jeden Fall mal versuchen. Das wird dann mein vorgezogenes Geburtstagsgeschenk für dich." Lina gefiel der Gedanke, mit ihrem Vater etwas gemeinsam zu unternehmen. Sie hoffte sehr, dass es ihr gelingen würde. Leider war ihr Beruf nun mal dazu angetan, alle privaten Vorhaben ständig zu durchkreuzen.

„Versprich mal nicht zu viel, Eichhörnchen! Aber freuen würd's mich schon. Wenn ich's denn noch erlebe." Er blickte sie verschmitzt von der Seite an und schien das traurige Gespräch über Kinderleichen vollkommen vergessen zu haben.

Sie besprachen noch ein paar wichtige organisatorische Dinge, weil Lina wahrscheinlich für einige Zeit in Emden sein würde und nicht persönlich vorbeischauen könnte. Als ihr Vater zum Abendbrot gerufen wurde, verabschiedete sie sich herzlich und fuhr auf schnellstem Weg zu ihrem Quartier in Emden zurück.

9. Samstagmorgen

Am nächsten Morgen erwachte Lina schon vor Sonnenaufgang. Sie hatte nachts gewohnheitsmäßig mit gekipptem Fenster geschlafen, und nun drangen die ungewohnten Geräusche der neuen Umgebung rücksichtslos auf sie ein. Es gab hier offensichtlich einige Bewohner, die auch am Wochenende schon zwischen fünf und sechs Uhr mit ihrem Tagwerk begannen. Jedenfalls klappten lautstark mehrere Autotüren, und Motoren starteten röhrend in den friedlichen Samstagmorgen, dass es zwischen den aufragenden Gebäuden fast wie ein gefährliches Unwetter klang.

Sie zog sich nach einem kurzen Blick auf den Radiowecker die warme Bettdecke über den Kopf und seufzte. Zuhause wohnte sie in einer ruhigen Sackgasse am Stadtrand. Dort hatte sie mit dem Aus- oder Durchschlafen niemals Probleme, die auf ihre Nachbarn zurückzuführen gewesen wären. Wenn sie jemals unter Schlafstörungen gelitten hatte, dann lag es bislang meistens an ihren Kriminalfällen oder privaten Sorgen.

Seltsamerweise hatte der verstörende Anblick des toten Mädchens sich aus ihren Träumen ferngehalten. Jedenfalls konnte sie sich diesbezüglich an nichts erinnern. Bevor sie so rüde geweckt worden war, ritt sie auf einem glänzenden schwarzen Hengst durch eine wundervoll üppige Traumlandschaft. Im Hintergrund plätscherte ein silberner Wasserfall, und über ihr wölbte sich ein strahlend blauer Himmel. Sie fühlte sich frei und sehr beschwingt, während der laue Wind sanft durch ihre Haarmähne strich. Und als sie erwachte, war sie einerseits von Traurigkeit über den Verlust des Traumbildes erfüllt und andererseits von dem Drang beseelt, etwas sehr wichtiges erledigen zu müssen.

Nun letzteres entsprach schließlich den nackten Tatsachen, die sie augenblicklich wieder im Griff hatten. Etwas unwillig gestand die Hauptkommissarin sich ein, dass sie jetzt keinen Schlaf mehr finden würde und stieg deshalb aus dem Bett.

Die Küche war mit einer unkomplizierten Kaffeemaschine ausgestattet, so dass sie ohne Probleme einen ordentlichen Muntermacher zuwege brachte. Lina sprang derweil unter die Dusche und saß schon bald frischgestylt für den neuen Tag vor einer großen Tasse mit dem starken schwarzen Gebräu. Sie gab ausreichend Milch hinein und nahm einen Schluck. Neben sich hatte sie ihren Laptop, mit dem sie sich gerade in die Polizeiinspektion Emden-Leer einloggte.

Die Fotos vom Fundort der Leiche flatterten über den Bildschirm, während sie eine unangenehme Leere in ihrem Gehirn verspürte. Wo war er, der entscheidende Hinweis, wie sie nun weiter vorgehen sollte?

Plötzlich hatte sie das kleine Tattoo vor ihrem inneren Auge. Sie würde Joe Kokker nochmals bemühen, um ein gutes Foto von der Tätowierung zu erhalten!

Bei dem Gedanken an den Mann verspürte sie ein leichtes Kribbeln im Solarplexus. Sofort nahm sie noch einen großen Schluck von dem heißen Kaffee, um das Gefühl zu vertreiben. Ausgerechnet jetzt wollte sie sich keinerlei Ablenkungen von dem wichtigen Fall gestatten. Sie musste hierbei wirklich alle Sinne in eine Richtung zwingen: schnelle Aufklärung!

Wenn das Mädchen eine Muslima gewesen war, konnte sie eventuell Mitglied einer Gemeinde in Ostfriesland sein? Sie suchte im Internet nach der nächsten muslimischen Gemeinde und wurde schnell fündig. Außer in Oldenburg und Papenburg gab es auch eine türkisch-islamische Gemeinde in Emden.

Im Internet wurde herausgestellt, dass es die einzige derartige Gemeinde in Ostfriesland sei, und der zuständige Imam hatte bei mehreren Anlässen betont, dass sie keinerlei Verbindungen zum IS habe.

Also notierte sich die Hauptkommissarin schnell die angegebene Telefonnummer, um einen möglichst kurzfristigen Kontakt herzustellen. Ein bearbeitetes Foto des Mädchens hatte sie ja zur Verfügung. Allerdings hätte sie zu gern auch die Tätowierung überprüft. Sie musste also Herrn Kokker möglichst umgehend erreichen. Vielleicht hatte sie Glück, und er arbeitete an diesem Wochenende.

Sie stopfte sich eilig ein Stück Schwarzbrot mit Käse in den Mund und leerte den Kaffeebecher. Dann packte sie das schmutzige Geschirr in die Spülmaschine, zog ihre bequemen Schuhe an, schlüpfte in den Übergangsmantel und war auch schon auf dem Weg zum Polizeirevier.

Vor dem Haus umfing Lina der erwachende Morgen mit seiner ganzen Frische. Es roch bereits nach Herbst. Die Tage wurden kühler und dunkler. Die Sonne hatte sich jedoch bereits über den Horizont geschoben und tauchte den morgendlichen Himmel in ein entzückendes Farbenspiel.

Eine riesige Schar Graugänse flog laut schnatternd hoch über ihr dahin, während sie den Mantelkragen aufstellte und in Richtung Bahnhof eilte. Die Kriminalistin genoss es, den Wagen stehen lassen zu können und holte mit kräftigen Schritten aus, als gelte es, auf den ruhigen wenig belebten Nebenstraßen einem unsichtbaren Verfolger zu entkommen.

Als der Wasserturm in Sicht kam, wusste sie, dass sie ihren vorübergehenden Arbeitsplatz bald erreicht hatte. Auf der Straße, die sie nun überqueren musste, war schon wesentlich mehr Verkehr. So ruhig, wie sie es sich vorgestellt hatte, war diese ostfriesische Stadt selbst am Wochenende nicht. Die Ampelphasen hatte man aber fußgängerfreundlich eingestellt, und so erreichte sie das Polizeigebäude ohne große Verzögerung.

Andreas Pantekook saß schon an seinem Schreibtisch, als sie freundlich grüßend das Büro betrat. Vor ihm dampfte ein großer Becher Kaffee, während er intensiv auf seinen Computerbildschirm starrte. Als Lina Eichhorn den Mantel ablegte, stand er jedoch blitzschnell hinter ihr, um ihr behilflich zu sein.

„Oh, danke Ihnen, Andreas! Sie sind ja ein Kavalier alter Schule. So einem bin ich aber lange nicht begegnet", schmunzelte sie und überließ dem etwas irritierten Kollegen ihren Mantel, um ihn auf einen Bügel zu hängen. Er lächelte sie herzlich an. Das leicht ironisch gemeinte Lob schien ihn ehrlich zu erfreuen.

Lina kam aber gleich auf die Arbeit zu sprechen. „Andreas, meinen Sie, dass ich den Kollegen Kokker heute in seinem Büro antreffe, oder kann man ihn sonst irgendwie erreichen. Ich brauche noch ein Detailfoto von dem Tattoo des Mädchens. Könnte für die Aufklärung der Identität von Belang sein." Sie informierte Pantekook schnell über die ersten Erkenntnisse aus der Gerichtsmedizin.

„Ich denke Joe wird noch nicht im Büro sein. Er ist dort sowieso höchst selten. Sein Arbeitsfeld liegt gewöhnlich eher bei den Tatorten, wenn er nicht gerade Bearbeitungen am Computer vornimmt. Ich hab aber selbstverständlich seine Diensthandy-Nummer." Er kramte kurz auf seinem Schreibtisch herum und reichte der Hauptkommissarin dann eine handgeschriebene Liste mit Handynummern.

Sie tippte die Nummer, welche sie hinter dem Namen Joe Kokker fand, in ihr Smartphone und ließ es bei dem Kollegen mehrfach klingeln. Schließlich wurde die Mailbox eingeschaltet, weil sich der Teilnehmer nicht meldete. Sie nannte ihren Namen und bat um dringenden Rückruf, dann drückte sie das Gespräch enttäuscht weg.

„Vielleicht ist er noch nicht wach", meinte Pantekook. „Die meisten schlafen am Wochenende etwas länger als wir beide." Er lächelte schief, setzte sich bequem in seinem Schreibtischstuhl zurück und nahm einen tiefen Schluck aus dem Kaffeebecher. „Ein warmes Croissant dazu wäre auch nicht übel", murmelte er. Über den Rand seiner Lesebrille hinweg sah er Lina an und meinte dann halb entschuldigend: „Haben Sie überhaupt schon gefrühstückt, Frau Kollegin? Und ich Trottel habe Sie ja noch gar nicht gefragt, ob in der Wohnung alles zu Ihrer Zufriedenheit ist."

„Ja, ist alles sehr gut, und gefrühstückt habe ich auch schon." In diesem Moment klingelte Linas Diensthandy. Es war der Fotograf. Seine Stimme klang ein wenig belegt, aber er erkundigte sich sehr verbindlich, was anstand. Lina erklärte ihm genau, was er für sie tun konnte und bat ihn inständig um schnelle Erledigung. Ohne Zögern sagte er ihr zu, dass sie die Aufnahme schnellstens erhalten würde. Er wollte sich unverzüglich auf den Weg in die Gerichtsmedizin machen.

Nachdem sie das Gespräch beendet hatte, äußerte sie sich lobend über die Arbeitsmoral des Kollegen.

„Der Joe ist sehr zuverlässig und ein toller Kumpel. Dem kann man hundertprozentig vertrauen. Hat nur bisschen Pech gehabt mit seinen Frauen. Aber das Privatleben ist in unserem Job sowieso immer problematisch. Und ich bin auch kein Klatschmaul." Andreas Pantekook zwinkerte und sah Lina Zustimmung heischend an.

Sie ließ sich nun aber nicht dazu verführen, auf die Anspielung einzugehen und eventuell sogar Geheimnisse aus ihrem eigenen Privatleben preiszugeben, sondern nickte nur kurz und schaltete den Computer ein.

Sie rief nochmals die Internetseite der islamischen Gemeinde auf, um sich damit genauer zu beschäftigen. Anrufen wollte sie zu dieser frühen Stunde am Wochenende noch nicht. Vielleicht würde sie gegen Mittag dort jemanden erreichen können. Dann konnte auch das Foto von dem Tattoo eventuell schon fertig sein.

10. Kulturelle Unterschiede

Am frühen Nachmittag hatte Hauptkommissarin Eichhorn ein gestochen scharfes Foto von dem Tattoo des kleinen Mädchens vor sich liegen. Sie hatte im Internet ähnliche Abbildungen gefunden. Es schien sich tatsächlich um die Hand der Fatima zu handeln.

Wahrscheinlich würde sie dazu in der islamischen Gemeinde vor Ort mehr erfahren können. Erfreulicherweise hatte sie telefonisch jemanden erreicht und einen Termin für fünfzehn Uhr vereinbart. Pantekook hatte sich angeboten, sie zu begleiten. Er war in Sorge, dass sie als Frau allein vom Gemeindevorsteher vielleicht nicht ernst genommen würde.

„Ja, Frauen gelten bei Muslimen nicht viel. Die Frau schweige in der Gemeinde … und solche Sachen stehen im Koran. Da ist doch klar, dass eine Frau nicht ernst genommen wird", mischte sich Hannes Küpper altklug in ihr Gespräch. Er war gegen Mittag wieder wie ein Wirbelsturm ins Büro gefegt und hatte sich anschließend mit Pizzaholen nützlich gemacht. Nun klebte ihm immer noch etwas rote Soße im Mundwinkel.

„Oh, da haben wir dann also einen Fachmann vor uns! Kennen Sie sich so gut aus mit der islamischen Kultur, dass Sie solch gewagte Sprüche von sich geben?" Lina sah ihn missbilligend an. Sie duldete keinerlei Diskriminierung von Andersgläubigen. Der junge Mann wurde rot bis unter die Haarwurzeln. Dann zog er wie ein geschlagener Hund den Kopf ein und murmelte unverständlich vor sich hin.

„Ach, Frau Kollegin, der Hannes meint das nicht böse. Wir haben doch auch einen Kollegen mit türkischen Wurzeln hier im Revier. Der ist ganz umgänglich und gehört dazu", beschwichtigte Pantekook, der offensichtlich Konfliktsituationen schlecht ertrug.

„Na, ist schon gut. Ich mag es nur nicht, wenn jemand vorschnell Urteile über andere von sich gibt. Wir sollten uns immer zuerst an die eigene Nase fassen, dann würde es weniger Missgunst in der Gesellschaft geben. Ich freue mich dennoch, dass sie mich begleiten, Andreas. Vier Ohren und vier Augen nehmen mehr wahr als zwei." Lina Eichhorn lächelte die beiden Männer entspannt an, und die Stimmung schien sich augenblicklich zu normalisieren.

Kurz vor drei machten sich die beiden Haupt-kommissare auf den Weg zum Gebäude der islamischen Gemeinde in Emden. Es lag gleich hinter dem Bahnhof und war deshalb gut zu Fuß zu erreichen. Der Bahnhofsvorplatz war von etlichen Reisenden belagert. Außerdem standen sehr viele Fahrräder in den dafür vorgesehenen Unterständen.

„Ach, das ist hier genau wie in Oldenburg – das reinste Fahrradchaos wegen der Studenten", bemerkte Lina im Vorbeigehen und schmunzelte.

„Ja, wir sind ne echte Fahrradstadt, aber nicht nur wegen der Studenten. Unsere Einheimischen lieben das Radfahren geradezu. Selbst die älteren Semester treten noch kräftig in die Pedale." Pantekook zögerte einen Moment, dann fügte er schmunzelnd hinzu: „Na, vielleicht hat sich das in letzter Zeit wegen der E-Bikes etwas geändert. Aber die Fahrräder sind bei uns seitdem nicht weniger geworden. Leider sind die schweren Unfälle mit Rädern erheblich angestiegen, und das ist nicht so lustig."

„Ja, das ist bei uns in Oldenburg nicht anders. Dazu haben wir dann noch diese Mietroller, die überall herumstehen. Es muss sich eben alles erst mal richtig einspielen."

Sie hatten inzwischen das Gemeindezentrum erreicht.

Hatte Lina sich unter einer Mosche ein imposantes orientalisch anmutendes Gebäude vorgestellt, so wurde ihre allzu romantische Vorstellung nun gründlich revidiert. Der vor ihnen liegende Gebäudekomplex war genauso schmuck- wie einfallslos. Das weiße einstöckige Bauwerk erinnerte sie entfernt an eine Container-Bauweise, die man gelegentlich anwandte, um schnell und preiswert Lagerräume zu schaffen.

Die Hauptkommissare wurden sofort von einem kooperativen Mann mittleren Alters in Empfang genommen, der sie in das Innere des Gebäudes geleitete. Er wirkte wie ein Büroangestellter, den man überall hätte antreffen können und sprach ausgezeichnetes Deutsch ohne jeglichen Akzent.

Das zweckmäßig ausgestattete Büro war fast ebenso schmucklos, wie das Äußere des Gebäudes. Es hing lediglich ein Foto des türkischen Präsidenten an der Wand hinter dem Schreibtisch neben einer bedruckten Schriftrolle, deren arabische Buchstaben der Kriminalistin ein Buch mit sieben Siegeln waren.

Als Lina Eichhorn, längst wieder in ihrem Quartier am Küchentisch saß, eine aromatische Tasse Tee gedankenverloren in den Händen haltend, ließ sie das eindrucksvolle aber fast ergebnislose Gespräch mit dem Vertreter der muslimischen Gemeinde nochmals Revue passieren.

Der türkischstämmige verbindliche Mann hatte sich zuerst das Bild des Tattoos genau angesehen und bestätigt, dass es sich um die Hand der Fatima handeln müsse. Das sei ein sehr altes religiöses Symbol des Islam, das ursprünglich aus Nordafrika und dem nahen Osten stamme. Heute sei es aber in aller Welt verbreitet selbst bei Menschen anderen Glaubens. In der Türkei würde die Hand der Fatima fast immer mit einem Auge in der Mitte dargestellt. Was auf diesem Tattoo nicht der Fall wäre.

„Das nennen wir *das Auge der Fatima*. Die fünf Finger der geöffneten Hand stehen für die fünf Säulen des Islam: *Bekenntnis, Gebet, Almosen, Fasten und Pilgerreise*. Einige sagen auch, dass die Fünf für die fünfköpfige Familie Mohammeds stünde. Jedenfalls nennt man die Hand der Fatima auch Hamsa bzw. Khamsa, was arabisch *fünf* heißt. Die Hand soll immer möglichst nah am Körper getragen werden, als Schutz vor bösen Geistern oder dem bösen Blick. Aber diese Überzeugung stammt eher aus dem Aberglauben früherer Zeiten", hatte der Mann den Beamten sehr ausführlich erklärt.

Als er dann das Foto des ermordeten Mädchens vor sich hatte, zeigte sich bei dem bis dahin sehr souverän wirkenden Befragten merkliches Entsetzen. Er hatte glaubwürdig beteuert, das Kind nie gesehen zu haben und dass es ganz gewiss nicht zu der türkischen Gemeinde vor Ort gehöre. Er versprach sicherheitshalber einigen weiblichen Mitgliedern das Bild ebenfalls zu zeigen. Falls sich dabei etwas Neues ergäbe, wolle er sich umgehend melden.

Das Schicksal des Mädchens schien ihm wirklich nahe zu gehen. Er begann plötzlich wortgewaltig und emotional über den Flüchtlingsansturm und die damit einhergehenden Gefahren zu dozieren.

Er argwöhnte, dass damit tausende von nicht registrierten Menschen nach Deutschland gelangt seien. Darunter wären selbstverständlich auch viele ungeschützte Kinder und Jugendliche ohne Identität, nach denen niemand jemals fragte und die niemand hier vermisste, wenn sie verschleppt oder sogar getötet wurden.

Er hatte die Hauptkommissarin schließlich an die Flüchtlingsunterkunft in Emden verwiesen. Dort bestünde vielleicht eine größere Chance, jemanden zu finden, der die Kleine kannte.

Lina war froh, dass sie durch diesen Hinweis wenigstens eine kleine Hoffnung hatte, die Ermittlungen hier vor Ort weiterführen zu können. Sie würden trotzdem das LKA und wahrscheinlich auch das BKA einschalten müssen. Vielleicht hatte dieses Verbrechen größere Dimensionen, als sie und ihre Kollegen im Augenblick übersehen konnten.

Gedankenverloren starrte Lina in ihre Tasse Tee, während Ströme von abgerissenen und teilweise geschundenen Menschen vor ihrem inneren Auge nach Europa drängten, um ihrem trostlosen Dasein einen kleinen Hoffnungsschimmer zu verleihen. Die Kriminalistin wusste um die große Problematik, welche damit einherging. Jetzt war sie wieder einmal als Vertreterin der staatlichen Gewalt beruflich darin involviert.

Während sie beschloss, ihre düsteren Gedanken auf den morgigen Tag zu verschieben, stellte sie die zarte Tasse so unwirsch auf den kleinen Unterteller zurück, dass sie von dem klirrenden Geräusch erschreckt zusammenfuhr. Kopfschüttelnd begab sich danach ins Bad, um möglichst alle Unbill dieser Welt mit heißem Wasser und

duftendem Seifenschaum von ihrer Haut abzu-
rubbeln.

11. Erinnerungen

Als Frau Eichhorn am Sonntagmorgen erwachte, hatte sie Kopfschmerzen und fühlte sich unendlich deprimiert. Während sie den Radiowecker mit einem unwirschen Hieb ausschaltete, stieben die letzten verblassenden Bilder eines Traumes in ihr auf. Sie schloss seufzend für einige Minuten die Augen, um sich nochmals flüchtig auf das Szenario ihrer Traumwelt einzulassen.

Es war wieder dieser Traum von Ricardo gewesen, der sie in tiefe Traurigkeit gestürzt hatte. Eigentlich hatte sie gehofft, dass es mit diesen Träumen nun endlich vorbei wäre.

Ihr Partner, der auch der Vater ihrer Tochter Carina war, lebte schon seit vielen Jahren nicht mehr. Sie hatten eine sehr freie aber deshalb nicht weniger liebevolle Fernbeziehung geführt. Ricardo wäre niemals aus der Schweiz weggezogen, und sie hatte in Oldenburg ihren Lebensmittelpunkt und natürlich ihre Arbeitsstelle. Also war nie die Frage aufgetreten, ob sie ein gemeinsames Leben am selben Ort führen sollten. Sie hatten wunderbare zwanzig Jahre auf diese alternative Weise glücklich zugebracht.

Dann war Ricardo plötzlich bei einer Bergwanderung mit einem alten Freund auf völlig unerklärliche Weise in eine tiefe Schlucht abgestürzt. Er konnte nur noch tot geborgen werden.

Ihre Tochter und sie erhielten die Nachricht kurz vor Carinas zwanzigstem Geburtstag. Sie fuhren sofort in die Schweiz, wo Ricardos Eltern ein großes Hotel besaßen. Lina stellte natürlich tausend Fragen, weil Ricardo mit den Bergen so vertraut gewesen war, wie sonst kaum jemand. Auch der Freund galt als erfahrener Kletterer. Er war zwar über jeden Zweifel erhaben, in Ricardos Tod verstrickt zu sein, hielt sich aber erstaunlich bedeckt, was den Unfallhergang betraf, und beteuerte immer wieder, dass er keinen Fehler gemacht habe.

Der Vorfall wurde damals sehr schnell von der örtlichen Polizei als bedauerlicher Unfall zu den Akten gelegt.

Ihre Tochter hatte in der Garage des Vaters einen roten VW-Golf mit einer großen goldenen Schleife vorgefunden – ihr Geburtstagsgeschenk! Sie weinte danach zwei Tage und Nächte in den Armen ihrer Mutter.

An Carinas Geburtstag kam ein Brief von Ricardos Arzt. Lina hatte ihn sehr erstaunt geöffnet. Sie wusste nur, dass ihr Partner ein überaus sportlicher Mann und ein wahrer Ausbund an Gesundheit gewesen war.

Das Schreiben enthielt einen Befund über eine Krebserkrankung im sehr fortgeschrittenen Stadium. Es wurde ihm eine palliative Chemotherapie vorgeschlagen. Dort war eine Telefonnummer angegeben, bei der Ricardo sich wegen weiterer Terminabsprachen unbedingt melden sollte.

Lina hatte sofort angerufen und freundlicherweise einige Auskünfte über die unheilbare Krankheit erhalten, die sie jedoch tief verstört hatten. In ihr keimte damals der Verdacht auf, dass Ricardo seinen Unfall absichtlich herbeigeführt haben könnte.

Er war kein Mann, der bedauert werden wollte.

Sie verstand, dass ein Dahinsiechen an einer Krebserkrankung niemals in seinem Sinne gewesen wäre. Deshalb war er wahrscheinlich selbstbestimmt in seinen geliebten Bergen gestorben, mit seinem besten Freund an der Seite, den letzten Blick auf die in der klaren Luft hochaufragenden Gipfel gerichtet.

Ihre Trauer war tief und verzehrend und doch angesichts dieser Tatsache irgendwie sanfter Natur. Es lag noch so viel Liebe und wunderschöne Erinnerung darin, dass Lina mit diesem Kapitel ihres Lebens bis heute nicht wirklich abgeschlossen hatte. Die meisten Hinterbliebenen gingen doch irgendwann zur normalen Tagesordnung über, und die Schmerzen verblassten. Sie wartete noch immer auf diesen Moment.

Bei ihrer Tochter hatte sich die Trauer ganz anders gezeigt. Seit sie von diesem Verdacht der Selbsttötung erfahren hatte, fühlte sie sich von dem geliebten Vater verlassen und verraten. Sie war endgültig zusammengebrochen, so dass sie damals für einige Tage im Krankenhaus behandelt werden musste.

Ihr großzügiges Geburtstagsgeschenk hatte sie niemehr eines Blickes gewürdigt. Ricardos Eltern hatten den Wagen verkaufen müssen, weil Carina dieses Geschenk - von einem vermeintlichen Selbstmörder - einfach nur perfide fand und nicht annehmen wollte.

Bis heute war mit Carina kein vernünftiges Gespräch über Ricardo möglich. Lina meinte immer noch, dass sie aus den Worten der Tochter nur tiefe Enttäuschung, wenn nicht sogar Hass, spüren konnte.

Die Hauptkommissarin stellte sich unter die Dusche und versuchte wieder auf andere Gedanken zu kommen. Sie hatte vor, noch an diesem Sonntag einen Termin in der Flüchtlingsunterkunft zu ergattern. Sicherlich arbeiteten die Leute dort auch an Sonn- und Feiertagen, da die Menschen ja rundum betreut werden mussten.

Nach dem Frühstück begab sie sich ins Kommissariat. Auf dem Flur begegneten ihr zwei nette junge Kollegen in den typischen dunklen Uniformen mit der Aufschrift *Polizei*, die miteinander scherzten, als sei es die tollste Sache der Welt, im Emder Polizeirevier Sonntagsdienst zu schieben.

In ihrem Büro angekommen, stellte sie dann erstaunt fest, dass ihr Kollege schon wieder mit Kaffee auf sie wartete. Sie lächelte erfreut.

Pantekook begrüßte die Hauptkommissarin freundlich, nahm ihr wieder galant den Mantel ab und eilte gleich geschäftig hinaus, um sie mit einer sauberen Kaffeetasse zu versorgen.

Lina schüttelte angesichts dieser ungewohnt betulichen Kollegialität den Kopf, aber insgeheim fühlte sie sich geschmeichelt und nach langer Zeit mal wieder richtig wahrgenommen. In Oldenburg waren ihre Kollegen meist kurz angebunden und ständig auf dem Sprung. Die Kolleginnen tratschten auch mal ganz gern. Aber die Kontakte, die Lina auf der Arbeit hatte, gingen eigentlich nie über solch flaches Geplänkel hinaus.

Sie hatte dort nie wirkliche Freundschaften geschlossen. Von ihrem Privatleben wussten die anderen keinerlei Einzelheiten. Anfangs war sie die alleinerziehende Mutter gewesen, auf die man gegebenenfalls mal Rücksicht zu nehmen hatte, etwa bei der Urlaubsplanung oder dem Wochenenddienst. Später war sie dann nur noch Single und musste ihrerseits ständig auf Kollegen mit Familie Rücksicht nehmen.

Ihr längst pensionierter Vater hatte hingegen immer sehr viele persönliche Kontakte zu Kollegen und auch einigen Kleinkriminellen gepflegt. Er besaß nach wie vor einen gewissen Ruf in Oldenburg. Von den Älteren wurde es bis heute *die Eiche* genannt. Und unnachgiebig, wie das Holz der deutschen Eiche, war er tatsächlich geblieben, das bekam Lina häufig zu spüren.

Sie wandte sich energisch ihrer Kaffeetasse zu, um die nostalgischen Gedanken zu verdrängen, und trank das koffeinhaltige Gebräu in tiefen Zügen. Es schmeckte tatsächlich annehmbar und lenkte ihre Konzentration wieder vollkommen auf den zu lösenden Fall.

„Haben wir schon den schriftlichen Befund aus der Pathologie?", fragte sie ihren Kollegen über den Bildschirm des PCs hinweg.

Der schüttelte betrübt den Kopf. „Durch das Wochenende wird sich das bestimmt noch verzögern. Der Professor arbeitet zwar verbissen daran, dafür kenne ich ihn genau, aber die Berichte schreibt seine Sekretärin. Und die hat natürlich am Wochenende keinen Dienst."

Nach einer kleinen Pause fügte er jedoch freundlich hinzu: „Wir könnten versuchen Zanetti anzurufen. Wenn er nicht zu beschäftigt ist, geht er wahrscheinlich an den Apparat. Haben Sie denn noch eine spezielle Frage, Frau Eichhorn?"

„Ja, natürlich geht mir das kleine Mädchen nicht aus dem Kopf. Ich will unbedingt wissen, was der oder die Täter genau mit ihr angestellt haben. War es ein einfacher Unfall, der, aus welchen Gründen auch immer, durch die Beseitigung der Leiche vertuscht werden sollte, oder wurde die

Kleine gefangen gehalten und eventuell miss-handelt und sexuell missbraucht?" Lina konnte nicht verhindern, dass sehr unangenehme Bilder in ihrem Kopf aufstiegen.

„Ich möchte mir aber eigentlich heute erst ein-mal einen Termin im hiesigen Flüchtlingsheim besorgen. Vielleicht haben wir ja Glück und dort kennt jemand das Mädchen." Ihr kam plötzlich ein zündender Gedanke, und so wandte sie sich gleich wieder an Pantekook: „Was würden Sie eigentlich davon halten, wenn wir die Kleine, in Ermangelung eines Namens, Fatima nennen? Unserer Ermittlungsgruppe wäre dann ganz ein-fach die *SoKo Fatima*!"

„Ja, das ist eine gute Idee – schon wegen des Tattoos", pflichtete der Kollege ihr bei.

„Wenn Sie mit dem Flüchtlingsheim Kontakt auf-nehmen möchten, kann ich das auch für sie aus-handeln. Ich kenne dort ein paar Leute. Da arbei-ten ein paar ehemalige Kollegen von uns", bot sich Pantekook an.

Die Hauptkommissarin war dankbar für die Un-terstützung und erhielt tatsächlich in der Mit-tagszeit einen Termin vor Ort.

12. Im Flüchtlingsheim

Hauptkommissar Andreas Pantekook hatte für seine Kollegin einen Streifenwagen organisiert, der sie pünktlich zu dem Termin in das Flüchtlingswohnheim von Emden brachte. Es lag genau in Richtung des Leichenfundes etwas außerhalb der Innenstadt in einem Stadtteil mit Namen Hilmarsum.

Der Polizist, der sie fuhr, war ein zügiger und sicherer Autofahrer und dazu sehr wortkarg, so dass die Hauptkommissarin ihren Gedanken ungestört nachhängen konnte. Sie bereitete sich noch innerlich auf das Gespräch mit der Leiterin der Unterkunft vor, als sie auch schon in eine kleine Straße abbogen.

Vor ihnen lag ein älteres sehr imponierendes Gebäude. Es mochte einmal ein Herrenhaus gewesen sein, denn es stach in seiner gelben Farbe und mit dem kleinen schiefergedeckten Türmchen, das neugierig über das Dach ragte, enorm von der üblichen ostfriesischen Bauweise ab. Der geräumige Bau schien unterkellert, war zweieinhalbgeschossig und hatte große Fenster, die weiß abgesetzt waren. Über die gesamte linke Hausseite erstreckte sich ein repräsentativer Balkon, der jedoch verwaist und kahl wie ein Fremdkörper hervorragte. Umgeben war das gesamte mit alten Bäumen bestandene Areal von einem hohen Metallzaun.

Der Einsatzwagen hielt vor der Einfahrt, die mit einem eindrucksvollen Tor verschlossen war.

Frau Eichhorn entstieg dem Wagen. Ein Hund kläffte aufgeregt. Sie näherte sich dem Tor, als ihr auch schon von innen ein dunkel gekleideter bullig wirkender Mann entgegen kam, um freundlich nickend das Tor zu öffnen. Er trat zur Seite, ließ die Kommissarin eintreten und meinte mit einer Fistelstimme, die so gar nicht zu ihm passte: „Sie sind sicher Frau Eichhorn. Sie werden schon im Büro erwartet. Dort direkt geradeaus durch die Eingangstür, dann sehen Sie Frau Wübbena schon hinter der Glasscheibe." Damit wandte er sich dem Polizeiwagen zu, winkte ihn auf das Grundstück und schloss hinter ihm das Tor wieder.

Während die Hauptkommissarin dem Anwesen zustrebte, ließ sie ihren aufmerksamen Blick durch die Umgebung schweifen. Der Hund befand sich in einem Zwinger und hatte das Bellen eingestellt. Im Hintergrund hörte sie, wie sich der Bodyguard mit dem Polizisten unterhielt, der sie hergefahren hatte. Scheinbar konnte der ihm einige Worte mehr entlocken, als es ihr gelungen war.

Neben dem Haus kamen jetzt mehrere Kinder zwischen den Bäumen hervor und beäugten sie schüchtern aus einiger Entfernung. Einer der größeren Jungen schob ein nicht mehr neues Kinderfahrrad und schien den jüngeren Kindern etwas zu erklären. Diese hatten die Augen ehrfürchtig auf das Fahrrad gerichtet und nickten hin und wieder zustimmend. Eines der kleinen Mädchen in einem gelben Pullover kam neugierig auf Lina zugelaufen, aber die Gruppe pfiff sie sofort zurück. Mit hängendem Kopf trottete die Kleine wieder zu den anderen, um kurz darauf hinter dem Haus zu verschwinden.

Erwachsene Migranten waren nicht zu sehen. In einem Ständer gleich neben dem Eingang standen jedoch mehrere ältere Fahrräder, und hinter den zugezogenen Gardinen bewegte sich hier und da etwas, das auf Leben schließen ließ.

Die Hauptkommissarin fand Frau Wübbena, die Leiterin der Flüchtlingsunterkunft, genauso hinter einer Glasscheibe gleich neben dem Eingangsbereich, wie es ihr der Mann beschrieben hatte. Sie war eine sehr drahtige große Frau von ungefähr Ende fünfzig. Ihr graumeliertes Haar war kurz geschnitten, ihre Kleidung leger und schmucklos. Das Gesicht wirkte leicht verhärmt, aber ihr Lächeln, mit dem sie auf Lina zukam, konnte bezaubern.

„Sie sind pünktlich, Frau Eichhorn, das lobe ich mir!" Sie streckte der Hauptkommissarin die Hand entgegen und drückte kräftig zu. „Moin erst mal", meinte sie dann und zog die Kriminalistin mit sich ins Büro.

Der Raum wirkte genau wie sie, funktional und schmucklos. Das große dreiflügelige Fenster bot die Möglichkeit, die gesamte Rückseite des Hauses zu übersehen. Eine einsame Zimmerpflanze fristete ihr eher dürres Leben in der Mitte der breiten Fensterbank. Daneben lagen willkürlich verstreut unterschiedliche Gegenstände herum. Die Kriminalistin entdeckte neben kleinen Steinen, Muscheln, Blättern und getrockneten Blumen sogar ein paar bunt eingepackte Bonbons und zwei farbig bemalte Zeichenblätter, deren Ecken leicht nach innen gerollt waren.

Lina setzte sich entspannt auf den angebotenen Stuhl, von dem aus sie auf einen Teil des Hofes blicken konnte. Draußen spielten offensichtlich die Kinder, die sie vorher schon gesehen hatte.

Sie waren nun nicht mehr so still wie vorher. Etwas von ihnen entfernt stand eine Dreiergruppe Männer, die rauchten und sich unterhielten. Im Hintergrund, in Richtung Grundstücksgrenze, ragten die mächtigen Bäume auf. Sie trugen teilweise schon herbstlich verfärbtes Laub.

„Was kann ich denn überhaupt für Sie tun, Frau Eichhorn? Sie wollen sich doch sicherlich nicht nur einen Eindruck davon verschaffen, wie wir die armen Menschen hier untergebracht haben", wollte die Frau nun wissen.

Lina Eichhorn zog das Foto aus ihrer Tasche und legte es vorsichtig auf den Schreibtisch der Leiterin.

„Wir haben unweit von hier ein kleines Mädchen gefunden, dessen Identität noch unklar ist. Vielleicht können Sie uns ja weiterhelfen." Sie sah die Frau forschend an, während diese das Foto an sich nahm, um es eingehend zu betrachten.

Es war der Ermittlerin wichtig, jede Regung der Leiterin zu erfassen, um sicher sein zu können, dass diese ihr die Wahrheit sagte. Zu diesem frühen Zeitpunkt der Ermittlungen war jeder noch so kleine Hinweis wichtig.

„Die Kleine ist tot, nicht wahr?" In tiefer Traurigkeit hob die Frau ihren Blick und schaute Lina lange in die Augen.

Sie hat ein außergewöhnlich ausdrucksstarkes Gesicht, sowohl in Freude wie im Schmerz, dachte Lina erstaunt. Solche Menschen waren ihr die liebsten. Aus deren Mimik war jedwede Gemütsregung immer eindeutig ablesbar. Sehr selten waren ihr in ihrem Berufsleben Zeugen oder Täter begegnet, die derart intensive Regungen glaubhaft vortäuschen konnten.

„Ja, Sie haben leider Recht, Frau Wübbena", räumte die Hauptkommissarin ziemlich bedrückt ein. „Kommt Ihnen das Mädchen denn bekannt vor? Sie scheint eine Muslima gewesen zu sein."

„Ja, sie sieht aus, wie einige der kleinen Mädchen, die diese Unterkunft bisher durchlaufen haben. Das üppige lange Haar ist sehr auffällig. Aber wie schließen Sie auf ihre Religionszugehörigkeit?" Die Frau betrachtete ihr Gegenüber forschend.

„Ach, ich vergaß das andere Foto." Lina zog die vergrößerte Darstellung des Tattoos aus ihrer Tasche und reichte sie der Frau über den Schreibtisch. „Diese Tätowierung trug die Kleine auf ihrer Schulter."

„Ach ja, das könnte ein Hinweis sein, dass es sich um eine Mohammedanerin handelt. Die Hand der Fatima – das Symbol hab ich schon öfter als Schmuckstück gesehen und als Stoffmuster, aber als Tattoo …? Daran würde ich mich sicher erinnern." Sie sah Lina mit entwaffnender Ehrlichkeit an und hielt ihrem Blick wieder lange stand.

„Bei diesem Mädchen handelt es sich also nicht um eines Ihrer Flüchtlingskinder? Sind Sie sich da absolut sicher?"

„Wie ist das arme Ding denn gestorben?", kam die Gegenfrage.

„Es tut mir Leid, Frau Wübbena, aber darüber darf ich zu diesem Stand der Ermittlungen mit niemandem sprechen. Sicher haben Sie dafür Verständnis. Nur soviel: Wir gehen von einem Kapitalverbrechen aus und bitten Sie dabei um Mithilfe." Hauptkommissarin Eichhorn legte eine intensive Bitte in ihren Blick, die bei der Frau ihre Wirkung nicht verfehlte.

„Ja, ich verstehe das selbstverständlich. Wir helfen auch sehr gern. Helfen ist ja sozusagen meine Profession. Wir könnten das Foto allen derzeitigen Bewohnern und sämtlichen Mitarbeitern vorlegen, vielleicht ergibt sich noch irgendwas. Ich selbst habe das Opfer allerdings nie gesehen.

– Und glauben Sie mir, ich hab ein phänomenales Personengedächtnis."

„Ja, das müssen Sie bei dieser Arbeit auch sicherlich haben. Ist wahrscheinlich auch nicht immer einfach mit den vielen verschiedenen Menschen aus unterschiedlichen Kulturen?" Sie sah Frau Wübbena voll Mitgefühl an.

„Ach, jeder macht so seinen Job. Sie haben auch nicht immer mit harmlosen Zeitgenossen zu tun, Frau Eichhorn. Menschen sind überall gleich. Man muss sie mit viel Liebe betrachten, dann ist es definitiv einfacher mit ihnen umzugehen", lächelte sie vielsagend.

Lina musste nun auch lächeln und meinte: „Das ist wahrscheinlich ein hervorragendes Rezept, bloß erfordert es ein großes Herz und sehr viel Geduld. Ich werde es mir gut merken." Dann fügte sie wieder geschäftsmäßiger hinzu: „Sie würden uns sehr helfen, wenn Sie die Fotos allen Menschen aus ihrem Umfeld zeigen, die eventuell einen Hinweis geben könnten. Ich lasse Ihnen meine Karte mit der Handynummer hier. Ansonsten können Sie natürlich auch jederzeit im Polizeirevier hier in Emden anrufen. Danke für Ihre Mithilfe."

Schon im Aufbruch begriffen wandte sie sich nochmal um und fragte: „Gibt es hier bei Ihnen auch unbegleitete Kinder oder Jugendliche?"

Frau Wübbena zog forschend die Augenbrauen hoch. „Nein, zumindest im Augenblick nicht. Die unbegleiteten jungen Menschen sind natürlich besonders schutzbedürftig und werden deshalb so schnell wie möglich in Familien untergebracht. Da gibt es vor Ort, soweit mir das bekannt ist, sehr große Hilfsbereitschaft."

Die freundliche Frau trat hinter Lina durch die Glastür und warf einen kritischen Blick auf den langen Flur, der allerdings menschenleer war.

„Besteht für unsere Kinder hier in der Unterkunft eine konkrete Gefahr? Sagen Sie mir doch bitte, ob wir besondere Vorkehrungen treffen sollten." Jetzt wirkte sie ernsthaft besorgt.

„Ich denke nicht, dass sich dieses Verbrechen wiederholen wird. Aber wir stehen auch erst am Anfang der Ermittlungen. Kinder sollten auf jeden Fall nicht ohne Aufsicht bleiben. Die normale Achtsamkeit dürfte sicher ausreichen. Oder hatten Sie hier schon besorgniserregende Vorfälle?"

„Nein, eigentlich nichts, was Kinder betrifft. Manchmal sind die Männer untereinander etwas hitzig. Wir haben glücklicherweise gutes Aufsichtspersonal."

„Ich danke Ihnen vielmals für Ihre freundliche Unterstützung und wünsche Ihnen noch einen angenehmen Sonntag, Frau Wübbena", verabschiedete sich die Hauptkommissarin nun endgültig und begab sich zum Dienstwagen, der im Hof abfahrbereit auf sie wartete.

Im Einsteigen begriffen bemerkte sie, dass die Heimleiterin auf der Treppe vor dem Eingang stand und ihr nachschaute. Das Mädchen im gelben Pullover schmiegte sich an ihr Bein, während die Frau gedankenverloren das lockige Haar des Kindes streichelte.

13. Fragen und Antworten

„Kennen Sie den Mann vom Aufsichtspersonal näher", fragte die Hauptkommissarin ihren Fahrer, während der mit ausdruckslosem Gesicht über die Petkumer Straße zurück raste.

Er antwortete nur mit einem Nicken. Als sie aber daraufhin nicht weiter in ihn drang, räusperte er sich schließlich und meinte: „Harm ist ein ehemaliger Kollege von uns und außerdem mein Vetter." Dann verfiel er wieder in Schweigen und schien sich nur auf den Verkehr zu konzentrieren.

Sie fuhren jetzt durch eine dreißiger Zone, die mit einer Blitzer-Anlage abgesichert war. Kurz vor dem Gerät reduzierte der Polizist seine Geschwindigkeit auf vierzig km/h.

„Dieser Harm scheint ganz umgänglich zu sein." Lina hätte gern einige Informationen über den Mann gehabt, der scheinbar als Aufpasser in dem Flüchtlingsheim tätig war. Woher konnte sie besser irgendwelche Insider-Infos bekommen, als von einem ehemaligen Kollegen. Es war zu diesem Zeitpunkt noch nicht abzusehen, wohin die Ermittlungen führen würden, da hielt sie sich gern alle Türen offen.

„Mhm, muss wohl…", brummelte der Polizist.

Sie unternahm nach einigen Minuten des Schweigens noch einen zaghaften Vorstoß: „Ja, ist schade, wenn uns so nette Kollegen verlassen. Warum hat Ihr Vetter denn den Polizeidienst aufgegeben?"

Er zuckte sichtlich zusammen. Dann fuhr er etwas zu schnell durch die holprige Trogstrecke, so dass Linas Rücken sich leicht beschwerte. Sie hätte beinahe aufgestöhnt, konnte dies jedoch noch gerade verhindern.

Als sie die Brücke überquert hatten und an einer Ampel halten mussten, warf der Fahrer ihr einen langen nachdenklichen Blick zu und meinte: „Warum müssen Sie das wissen? Ist Harm etwa verdächtig? Der tut keiner Fliege was zuleide, glauben Sie mir! Der ist zu gut für diese Welt und schon sowieso für den Polizeidienst. Aber fragen Sie ihn doch selbst!" Damit verkroch er sich wieder in sein Schneckenhaus. Wahrscheinlich von sich selbst erschrocken, weil er eine so lange Rede gehalten hatte, fuhr er den Wagen, so schnell es die Straßenverhältnisse zuließen, zum Polizeirevier zurück. Er verlor dabei kein weiteres
102

Wort, antwortete nicht einmal auf Linas freundliche Verabschiedung.

In ihrer momentanen Kommandozentrale angekommen, traf sie auf den Kollegen Pantekook, der gerade telefonierte.

Sie hängte diesmal selbst ihren Mantel auf einen Bügel und begab sich mit einem freundlichen Nicken an ihren Schreibtisch. Hier fand sie noch einige weitere Ausdrucke der Fotos von Fatima vor. Die würden sie sicherlich bei den anstehenden Recherchen brauchen. Die Hauptkommissarin beabsichtigte, damit auch an die örtliche Presse zu gehen.

Vielleicht wiegte der Täter sich in Sicherheit, weil er davon ausging, dass die Leiche des Mädchens von der Strömung der Ems bei ablaufendem Wasser in die Nordsee getrieben war. Das hätte die Ermittlungen noch schwieriger gestaltet, vorausgesetzt das Kind wäre überhaupt irgendwann wieder aufgetaucht. Wenn er von dem Fund am Sperrwerk erfuhr, musste er schon eher mit seiner Entdeckung rechnen und machte möglicherweise einen Fehler, der den Ermittlern weiterhalf.

Pantekook hatte das Telefonat beendet und trat, beide Hände in den Hosentaschen, an ihren Schreibtisch.

„Na, Frau Kollegin – ähm - Lina, wie ist der Termin im Flüchtlingsheim gelaufen? War Frau Wübbena persönlich zu sprechen?"

„Ja, danke, das lief wie geschmiert! Die Frau ist eine Seele von Mensch, sehr handfest und eine ehrliche Haut, würde ich mal so behaupten, obwohl ich sie ja noch nicht gut kenne. Aber sie konnte unsere Fatima leider nicht identifizieren. Sie hat sich trotzdem zur Zusammenarbeit mit uns bereiterklärt. Das ist doch schon mal ein Anfang", antwortete sie.

„Was haben Sie inzwischen so angestellt, Andreas? Gibt es irgendwas neues, was ich wissen sollte? Und wo steckt eigentlich dieser Kollege Küpper?"

„Ach, Hannes hat heute frei. Seine Mutter wird sechzig. Da wird ganz groß gefeiert. Die haben einen Saal gemietet ..."

Lina Eichhorn unterbrach ihn, bevor er ihr mit vielen Worten die Geburtstagsfeierlichkeiten schildern konnte: „Na, gut, das kann man nicht ändern. Dann müssen wir eben heute allein klarkommen", meinte sie leicht verärgert.

„Ja, und morgen auch, denn da ist Hannes dann noch nicht wieder nüchtern", erklärte er milde. „Aber das schaffen wir beide schon. Wir haben auch alle Unterstützung der Schutzpolizei. Es gibt ja hier nicht jeden Tag eine Leiche!" Er nahm die Hände aus den Taschen und schlenderte zu seinem Schreibtisch, um sich seiner Kollegin kurz darauf mit einem Blatt in der Hand wieder zuzuwenden.

„So, ich habe hier schon mal eine Liste mit unseren stadtbekannten Pädophilen aufgestellt. Die Anschriften stehen daneben, kann allerdings sein, dass der eine oder andere inzwischen verzogen ist. Das werden wir ja dann sehen." Andreas Pantekook blickte sie so stolz an, als wolle er gelobt werden.

Lina tat ihm gern diesen Gefallen. Sie wusste, dass ein gutes zwischenmenschliches Miteinander die Arbeit wesentlich angenehmer machte.

„Das war eine hervorragende Idee von Ihnen, Andreas. Dann können wir, sobald wir von der Pathologie weitere Antworten erhalten haben, die Befragungen dieser Männer mit einschlägigen Vorstrafen starten."

„Apropos Pathologie! Der Zanetti hat kurz durchgerufen. Das Opfer muss wohl mehrfach und auf vielfältige Weise aufs Übelste missbraucht worden sein. Fatima hatte diesbezüglich auch ältere Verletzungen. Das Martyrium der Kleinen hat bestimmt Monate gedauert, meint der Prof. Sie hatte auch Spuren von Drogen im Blut. Und er hofft, dass er noch Täter-DNA, etwa aus Spermaresten, isolieren kann. Er hält es für schwierig wegen der Wassereinwirkung. Die Todesursache, Genickbruch, hat sich bestätigt. Todeszeitpunkt war Donnerstag ungefähr 22 Uhr plus/minus. Der schriftliche Bericht folgt bald. Der Laborbefund bezüglich der DNA könnte noch etwas dauern."

Hauptkommissarin Eichhorn sah ihren Kollegen entsetzt an. Sie hatte etwas ähnliches befürchtet, aber jeden Gedanken an das Leiden des Mädchens immer wieder verdrängt, um den Kopf für die Ermittlungen freizuhaben. Jetzt schossen ihr die Bilder so schnell vor das geistige Auge, dass sie sich für einen Moment vollkommen erschlagen fühlte.

„Das ist fürchterlich! Unsere Vermutungen haben sich also bestätigt." Sie hockte wie ein Häufchen Elend auf ihrem Schreibtischstuhl und hatte große Mühe, sich nicht von dieser mit Wut gepaarten Traurigkeit überwältigen zu lassen.

Andreas Pantekook zog sich einen Besucherstuhl heran und setzte sich ihr gegenüber hin. Auch er sah bekümmert aus.

„Es trifft einen immer wieder wie ein Tiefschlag, und man kann einfach nichts dagegen tun! Verbrechen sind ja oft perfide und immer sinnlos, aber wenn Kinder betroffen sind, bricht jedes Mal eine ganze Welt zusammen", stammelte er mit belegter Stimme vor sich hin. „Da mag man Profi sein, so lange man will."

Linas Magen krampfte sich schmerzhaft zusammen. Ihr fiel plötzlich ein, dass sie seit dem Frühstück nichts mehr zu sich genommen hatte. Wenn sie vernünftige Ermittlungsarbeit leisten wollte, musste sie dringend etwas essen.

„Andreas, ich bekomme Magenschmerzen. Ich muss jetzt, so blöde das sich anhört, unbedingt irgendwas zu essen haben", stammelte sie nervös, während sie schon in ihrer Tasche nach einem Müsliriegel kramte.

„Ja, haben Sie denn etwa nicht zu Mittag gegessen. Sie sollten besser auf sich achten, Lina!" Pantekook sah sie an, als befürchte er, dass sie gleich in Ohnmacht fiele. „Ich hab jetzt auch gerade gar nichts Essbares hier. Was halten Sie davon zum Chinesen zu gehen? Wir könnten uns während des Essens weiter über den Fall ab-stimmen."

Sie nickte und erhob sich auch schon mit steifen Beinen von ihrem Stuhl. Schnell ergriff Andreas ihren Mantel und half ihr hinein.

„Ist das denn nicht weit von hier?", fragte sie müde, weil sie nirgends in der Nähe ein China-restaurant bemerkt hatte.

„Ist nicht weit. Beim Einkaufscentrum, hier gleich über die Brücke. Dahin können wir zu Fuß laufen, um den Kopf bisschen freizubekommen. Früher gab's direkt gegenüber einen Laden, gleich ne-ben dem Kino. Das war eigentlich unser Stamm-restaurant. Hat aber leider zugemacht", plapper-te Pantekook vor sich hin, sichtlich darum be-müht, seine Kollegin auf andere Gedanken zu bringen.

Sie jedoch ging einfach schweigend neben ihm her und ließ sich vom frischen Herbstwind die Haare zerzausen. Wie durch einen Schleier nahm sie ihre Umgebung wahr. Das Lichtspieltheater lag auf der Seite gegenüber. Sie bogen aber rechts ab Richtung Brücke. Rechterhand neben der Brücke ragte einer der vielen Bunker aus dem zweiten Weltkrieg auf, ein graues Monu-ment der Vergangenheit. Er war mit Reklame seltsam unpassend verziert. Man konnte den Bahnhof von oben sehen und einen nicht besonders ansprechend wirkenden Hotelklotz. Dann folgten auch schon die weißen funktionalen Gebäude des Einkaufszentrums. Sie wirkten auf Lina wie überdimensionale Bauklötze. Die Ampel am Fuß der Brücke zwang die beiden Kriminalisten zu einem kurzen Stopp. Andreas wies Lina auf das Restaurant auf der anderen Straßenseite hin.

Sie war froh, dass sie nun bald etwas gegen ihren Hunger unternehmen konnte. Bis die trüben Gedanken sich endgültig verflüchtigten, würde es jedoch länger dauern, das war ihr bewusst.

14. Familie

Lina hatte reichlich dem chinesischen Buffet zu-
gesprochen und dazu zwei Weizenbiere getrun-
ken. Die Anspannung war allmählich von ihr abgefallen, während sie mit Andreas geplaudert
hatte. Über die weitere Vorgehensweise in ihrem
Fall hatten sie sich erst nach dem Dessert abge-
stimmt.

Ihr Kollege würde sich Montag an die Presse
wenden, damit die Bevölkerung um Mithilfe gebeten wurde. Es war nicht auszuschließen, dass
jemand Fatima in den Tagen oder Wochen vor
ihrem grausamen Tod gesehen oder nachts eine
zufällige Beobachtung am Sperrwerk gemacht
hatte.

Sie wollte sich die Akten der Sexualstraftäter
genauer ansehen, um einige für Befragungen
herauszupicken.

Außerdem mussten die nächtlichen Aufnahmen
der Videokamera vom Sperrwerk ausgewertet
werden. Vielleicht waren dort doch noch irgendwelche Hinweise zu bekommen.

Die Berichte der Spurenanalysen von der Kleidung des Mädchens, und die Ergebnisse der

Tauchaktion in der Ems standen ebenso noch aus. Da würde Pantekook nachfragen.

Lina öffnete die Wohnungstür. Sie hatte das vage Gefühl, dabei durch den Türspion von gegenüber beobachtet zu werden. Nachsichtig lächelnd schüttelte sie ihren zerzausten dunklen Lockenkopf, trat in die angenehm warme Atmosphäre ihrer momentanen Bleibe ein und verriegelte die Tür hinter sich.

Sie war rechtschaffen müde und außerdem so satt, wie lange nicht mehr. Das unverwechselbare Aroma der chinesischen Speisen kitzelte noch immer ihre Geschmacksknospen. In der Küche füllte sie ein Glas Wasser aus dem Hahn und nahm einen tiefen Schluck. Das Wasser schmeckte ihr besser, als in Oldenburg. In Emden musste man definitiv keine Wasserkästen schleppen.

Nachdem sie in bequemere Kleidung geschlüpft war, machte sie es sich auf dem Sofa gemütlich. Die Fernbedienung für die hochwertige Soundanlage lag griffbereit. Sie schaltete das Radio ein. NDR 2 spielte angenehme moderne Musik. Lina stellte den Ton so leise, dass sie ihn gerade noch hörte und sank in die weichen Kissen zurück. Einige Minuten verharrte sie mit geschlossenen Augen in vollkommener Entspannung.

„This girl is on fire …", klang es schließlich sehr eindringlich aus dem Lautsprecher und ließ ihren Motor langsam wieder anspringen.

Für gewöhnlich rief sie am Sonntagabend ihre Tochter Carina in Bayern an. Also ergriff sie ihr Mobiltelefon, das neben der gesicherten Dienstwaffe auf dem Tisch vor ihr lag, und tippte auf die Verbindung aus ihren Kontakten. Gelegentlich skypten sie auch, aber danach stand ihr heute nicht der Sinn. Ihre Tochter sollte sie nicht in diesem abgespannten Zustand sehen. Vielleicht würde sie sich sonst unnötige Sorgen machen.

„Mamsch, hallo, schön, dass du anrufst! Wie geht es dir?", klang es aus dem Lautsprecher. Im Hintergrund war das fröhliche Geplapper ihres kleinen Enkels Oskar zu hören. Lina erklärte ihrer Tochter, dass sie sich einige Tage beruflich in Emden aufhielt.

„Ich hab hier aber eine akzeptable Unterkunft. Da kann ich es gut aushalten. Leider arbeiten wir an einem sehr bedrückenden Fall – Kindesmissbrauch mit tödlichem Ausgang. Na, ich will eigentlich nicht darüber sprechen und darf es ja auch nicht." Ihre Tochter zeigte Verständnis. Sie war auch viel weniger an ihrer Arbeit interessiert, als ihr alter Vater.

„Hier, ich geb dir mal den kleinen Racker! Er will unbedingt mit Polizei-Oma sprechen", sagte Carina lachend.

„Politei-Oma, bis du da? Grüssi Gott, Oma!" Das ungestüme Plappern des kleinen Oskars riss sie nun mit aller Macht aus den traurigen Gedanken. Er erzählte ihr vom Kindergarten, von seiner kleinen Freundin Mette, von seinem Freund Ali und von der Katze, die fünf Junge geworfen hatte. Da es ihm noch Schwierigkeiten bereitete, bestimmte Laute exakt zu bilden, und er immer wieder in die bayerische Mundart verfiel, musste Lina all ihre verbliebene Konzentration aufbringen, um dem Gespräch zu folgen. Er bemerkte immer sofort, wenn seine Oma ihm nicht richtig zuhörte und nur dauernd mit „Ja, ja…" antwortete.

„Is das Politeiauto noch nich putt?", wollte er wissen. Denn bei seinem Besuch in Oldenburg, durfte er einmal in einem richtigen Polizeiwagen mitfahren. Die Kollegen von der Schutzpolizei hatten ihr den Gefallen gern getan. Bei Oskar hatte das einen bleibenden Eindruck hinterlassen. Und die Polizei-Oma war in seiner Rangliste der liebsten Menschen gestiegen.

So schmunzelte sie und ließ das herzerfrischende Kerlchen ihre negativen Hirngespinste verdrängen. Wie gern hätte sie Tochter und Enkel öfter in ihre Arme geschlossen. Manchmal verfluchte sie die vielen Kilometer, die zwischen ihnen lagen. Enkel und Großeltern sollten nicht so weit voneinander entfernt wohnen! Die Kinder wurden so schnell groß, und man sah sie nicht aufwachsen.

„So, jetzt bringt Papa dich ins Bett, du Schlingel! Sag der Oma *Servus* und gib ihr ein Bussi!" Lina hörte wie ihre Tochter mit Oskar rang, damit er ihr das Telefon wieder zurück gab. Endlich gehorchte der kleine Mann, und es kehrte Ruhe ein.

„Er ist jetzt in einem trotzigen Alter. Das ist nicht immer einfach", erklärte Carina entschuldigend.

„Das ist normal, mein Schatz! Keine Sorge, da kommen noch andere schwierige Phasen auf dich zu. Ich spreche aus Erfahrung. Vielleicht sollte er langsam mal ein Geschwisterchen bekommen?" Lina lachte aufmunternd.

„Wir sind beide berufstätig! Wie stellst du dir das vor, Lina? Und die vielen Tiere hier auf dem Hof machen auch Arbeit." Carina arbeitete als Tierärztin und kümmerte sich nebenbei auf ihrem

114

Resthof außerhalb von München um alle kranken und verwahrlosten Tiere, die ihr gebracht wurden. Sie war glücklich dabei, das wusste ihre Mutter genau, aber manchmal stieß sie auch an ihre Grenzen.

„Ja, ich weiß, du arbeitest zu viel! Was sagt denn Markus dazu?", fragte Lina.

„Wozu? Zu dem Arbeitspensum oder zu dem Nachwuchs?", meinte sie ein bisschen schnippisch.

Ihre Mutter lachte. „Na, zu beidem natürlich. Er ist so ein netter Kerl, wirklich ein Goldstück. Ich hoffe, du weißt deinen Super-Ehemann zu würdigen."

„Du sagst gar nichts über seine Super-Ehefrau, die auch mal ein bisschen Honig ums Maul geschmiert haben möchte, Mamsch." Sie schmollte.

„Nenn' mich nicht immer Mamsch. Du weißt, dass ich das hasse. Das klingt wie Matsch", protestierte Lina schwach. Dann fügte sie noch ein paar freundliche aufbauende Worte für ihre geliebte Tochter hinzu und verabschiedete sich herzlich, mit der Bitte, dass Carina ihren Opa mal kurz anrufen solle. Sie selbst fühlte sich dazu nun nicht mehr in der Lage. Und der Alte würde sich sehr freuen, die Stimme seiner Enkelin mal wieder zu hören.

Da Lina beabsichtigte sehr zeitig in die neue Woche zu starten, schaute sie sich nur halbherzig eine Dokumentation über Neuseeland an, obwohl die wunderbaren Landschaftsaufnahmen mehr Würdigung verdient gehabt hätten. Danach ging sie früh zu Bett.

15. Teamwork

Der Montag war ein richtig ungemütlicher Herbsttag mit viel böigem Wind und Regenschauern. Es wollte einfach nicht hell werden. Lina nahm für die kurze Wegstrecke ins Polizeirevier ausnahmsweise den Wagen und parkte ihn auf dem dafür vorgesehenen Platz hinter dem großen Gebäude. Die gelben Klinker wirkten in dem Licht des frühen trüben Tages schmuddelig. Die dunklen Fenster schauten trostlos auf sie herab.

Schnell eilte sie zum Eingang, um nicht total durchnässt anzukommen. Sie hatte den Mantelkragen hochgeschlagen und den Kopf zwischen die Schultern gezogen. Als sie sich im Eingangsbereich wie eine nasse Katze schüttelte, kam Joe Kokker hereingestürmt.

„Oh, nun hätte ich Sie fast umgerannt! Entschuldigen Sie Frau Eichhorn, und guten Morgen wünsche ich." Er kam gerade so vor ihr zum Stehen, weil seine nassen Sohlen über den glatten Fußboden schlitterten, und wirkte schuldbewusst.

„Moin, Herr Kokker! Das Wetter ist ja wirklich entsetzlich – hat nichts mehr vom goldenen

Herbst!" Linas Herz klopfte ungestüm, beim plötzlichen Anblick des attraktiven Kollegen, und sie versuchte ihre Verunsicherung mit Smalltalk zu überspielen.

Kokker hingegen benahm sich völlig entspannt und fragte interessiert: „Was gibt's neues in unserem spektakulären Mordfall? Ist meine Hilfe vielleicht noch in irgendeiner Form gefragt? Sie wissen sicher bereits, dass ich sehr vielseitig bin." Er zwinkerte ihr tatsächlich zu.

Bei jedem anderen Mann hätte das unangemessen gewirkt, nicht so bei ihm. Er hatte die Ausstrahlung eines großen Jungen, eine erfrischende Natürlichkeit, scheinbar ohne die geringsten Hintergedanken. Lina schluckte zweimal, bevor ihre Zunge ihr gehorchen wollte.

„Ach, die Pathologie hat uns viele schreckliche Details über das Martyrium der kleinen Fatima geliefert. Nur mit den Ermittlungen wird das eine Weile dauern, weil wir die Identität noch nicht kennen. Der oder die Täter werden im pädophilen Umfeld zu suchen sein. Ob das sich jedoch hier auf Emden beschränkt, ist auch noch fraglich. Vielleicht ist die Entsorgung am Sperrwerk sogar zufällig erfolgt. Fragen über Fragen!" Sie schüttelte traurig ihre dunkle Lockenmähne.

Während sie nebeneinander den Gang entlang schritten, unterhielten sie sich weiter über den Fall. Schließlich blieb Kokker am Fuß der Treppe stehen und machte den Vorschlag: „Ich habe einige einschlägige Erfahrungen zur Recherche im Internet hinsichtlich der illegalen Plattformen. Gerade zu Kindesmissbrauch arbeiten wir im Moment mit vielen Kollegen bundesweit zusammen. Ausgegangen ist die Recherche von einem Fall in Nordrhein-Westfalen, der schon einige Zeit zurückliegt und hohe Wellen geschlagen hat. Das ging überall durch die Medien. Sie wissen was ich meine?" Lina nickte zustimmend. Es hatte dort bereits spektakuläre Verhaftungen gegeben und unzählige weiter Spuren wurden noch verfolgt.

„Also, würde ich vorschlagen, ich helfe bei der Suche im Internet. Pädophile geben oft mit ihren Taten vor ihres gleichen an und stellen Filme von ihrem Missbrauch her, die sie anderen anbieten. Wir könnten Glück haben und die kleine Fatima auf irgendwelchem Bildmaterial entdecken. Es ist bei Gott keine angenehme Arbeit – und ich weiß wovon ich rede – aber sie scheint mir erfolgversprechend. Gerade jetzt, wo viele Kollegen gleichzeitig in diesem sensiblen Bereich recherchieren." Joe Kokker sah sie hoffnungsvoll an.

Dann fügte er etwas geschäftsmäßiger hinzu: „Überlegen Sie es sich mit Andreas zusammen, ob ich bei Ihrer SoKo mitmachen soll, und geben Sie mir dann Bescheid!" Er sprintete auf die Treppe zu und war in der nächsten Sekunde schon in der ersten Etage. Von oben schaute er lächelnd herab, weil er bemerkte, dass Lina ihn beobachtete.

„Ein bisschen Frühsport ist genau das Richtige, um den Kopf freizukriegen!", rief er ihr zu und war auch schon verschwunden.

Die Hauptkommissarin beeilte sich den Gang entlang in ihr Büro zu kommen. Sie fühlte noch immer ein leichtes Kribbeln im Solarplexus, und ihre Gedanken kreisten um eine mögliche Zusammenarbeit mit dem Indianer. Würde das nicht dazu führen, dass sie zu unkonzentriert bei ihrer Ermittlung war?

Im Büro war bereits gelüftet worden, und es roch genehm nach frischem Kaffee. Sie schaltete das Licht an. Andreas saß nicht an seinem Platz, aber die Sekretärin schaute herein und erkundigte sich freundlich, ob Lina irgendetwas brauche. Die bat nur um eine saubere Kaffeetasse und fragte nach Pantekook.

„Andreas ist schon zur Ostfriesenzeitung und zur Emder Zeitung unterwegs. Er meinte, ich solle mich um Sie kümmern, dass es Ihnen an nichts fehlt." Frau Neemann lächelte liebenswürdig. „Und die Tasse kommt sofort!"

Auf Linas Schreibtisch lag die Liste mit den Namen der polizeibekannten Sexualstraftäter aus der Umgebung. Sie loggte sich in das entsprechende Programm ein und erhielt, nach Eingabe des notwendigen Codes, Zugang zu den alten Fällen.

Die meisten Täter hatten besondere perfide Vorlieben, was ihre kleinen unschuldigen Opfer anging. So hielt sie sich nicht lange an den vielen unappetitlichen Einzelheiten der Fälle auf, sondern konzentrierte sich darauf, ob die geschädigten Kinder Ähnlichkeiten zu Fatima aufwiesen.

Schnell konnte sie etwa die Hälfte der vorliegenden Fälle aussortieren, weil die Täter ausschließlich kleine Jungen oder Teenager misshandelt hatten. Eine handvoll Verurteilter war nicht genau einzuordnen, und die restlichen hatten sich eindeutig an kleine Mädchen herangemacht. Trotzdem waren es noch zu viele, um sie alle selbst zu befragen. Sie würde nochmals genauer hinsehen und dann die Befragungen zwischen sich und Pantekook aufteilen müssen.

Sie trank den restlichen Kaffee aus ihrer großen Tasse. Er war schon abgekühlt. Aber das war sie gewohnt. Ihr leibliches Wohl wurde immer zurückgesteckt, wenn es um die Arbeit ging.

Nochmals ging sie die verbliebenen Akten durch. Es erstaunte sie immer wieder, wie viel bieder wirkende Bürger auf diese entsetzliche Weise straffällig wurden. Die Fotos der Männer waren auf keinerlei Art auffällig. Manche waren jung, andere schon Opas. Die Berufe der Täter waren genauso unterschiedlich, wie ihre familiären Verhältnisse. Da gab es den ältlichen Junggesellen, der noch immer im Hotel Mama wohnte, genauso wie den attraktiven Lebemann im mittleren Alter, den biederen mehrfachen Familienvater und den beliebten Jugendwart im Sportverein.

Sie schüttelte sich vor Abscheu, nachdem sie mehrere der Akten genauer in Augenschein genommen hatte. Es würde ihr schwerfallen, mit diesen einschlägig Vorbestraften Befragungen durchzuführen, ohne gleich eine Vorverurteilung vorzunehmen. Also war es wichtig, dass sie ausgeruht und innerlich gefasst an die Sache heranging. Sie sortierte noch drei weitere Fälle aus, weil die Täter noch im Strafvollzug einsaßen. Dann kreuzte sie die übrigen Namen auf der Liste an.

„Guten Morgen, Lina", hörte sie Andreas fröhlich rufen, während er ins Büro kam und die nasse Jacke schüttelte, dass die Tropfen flogen. Sie nickte ihm freundlich zu. Und er hängte das tropfende Kleidungsstück mit einem Bügel ans Fenster, damit die Heizungsluft es besser trocknen konnte.

„Haben Sie die Veränderung schon bemerkt?", fragte er erwartungsvoll.

Lina sah ihn etwas ratlos an. Solche Fragen stellten Frauen gewöhnlich, wenn sie frisch vom Friseur kamen. Pantekook sah jedoch aus wie gewohnt, eher ein bisschen vom Winde verweht als besonders gestylt. Sie zuckte hilflos die Achseln.

„Ja, sehen Sie doch, hier!" Mit nahezu kindlicher Begeisterung deutete er auf eine neue Pflanze auf der Fensterbank. Sie hatte tatsächlich Blüten und sah gesund aus. Noch, dachte Lina amüsiert.

„Oh, dieses schöne Alpenveilchen habe ich tatsächlich übersehen. Tut mir Leid, Andreas. Ich war so in die Arbeit vertieft. Aber das ist wirklich sehr hübsch und eine gute Idee von Ihnen. Dann dürfen wir aber auch nicht vergessen, es regelmäßig zu gießen."

„Brauchen wir dafür eine Gießkanne oder so? Am besten frage ich die Monika. Die hat bestimmt einen grünen Daumen." Damit verschwand der Kollege und kehrte erst nach einer Viertelstunde zurück.

Die Hauptkommissarin hatte in der Zwischenzeit die Kandidaten, denen sie auf den Zahn fühlen wollten, zwischen sich und Andreas aufgeteilt. Sie würden vorerst jeder mit fünf Männern sprechen. Frauen waren nicht dabei gewesen. Gleichwohl wusste sie aus ihrer langjährigen Tätigkeit, dass es auch hin und wieder Täterinnen gab, die die treibende Kraft darstellten, oder dass Frauen die stillschweigenden Mitwisserinnen und Helferinnen bei den perversen Taten waren. Es gab Mütter, die ihre eigenen Kinder an Sexualverbrecher verschacherten.

Dies war eine dunkle verteufelte Welt, in die Lina nie ohne Schmerzen eintauchte. Sie wusste, dass sie sich einen starken Schutzschild für ihre Seele aufbauen musste, wenn sie beabsichtigte, diese Ermittlungen weitgehend unbeschadet zu überstehen.

16. Hinweise

Andreas stellte eine rote Gießkanne auf die Fensterbank direkt neben die neue Pflanze. Das Plastikteil überragte die kleine Blume um einiges und versuchte den tristen Raum zu dominieren. Außerdem biss sich die grelle Farbe auf eine schmerzhafte Weise mit den zarten rosa Blüten.

„So, jetzt ist jedenfalls für alles gesorgt. Nun werden wir die schöne Blume mit vereinten Kräften am Leben erhalten!" Er lachte befreit und setzte sich an seinen Schreibtisch.

Lina Eichhorn drückte ihr ästhetisches Unbehagen weg und lächelte Andreas Pantekook wohlwollend zu. Dann erhob sie sich und ging mit der Liste zu ihm hinüber.

„Ich hab heute Vormittag die Akten mit den Sexualstraftätern durchgeschaut. Diese zehn sind übrig geblieben. Die müssten wir uns dann möglichst schnell vorknöpfen. Ich hab jetzt mal eine alphabethische Aufteilung vorgenommen. Dann wären die ersten fünf auf der Liste Ihre Kandidaten." Sie schob ihm das Blatt hin.

„Ja, da haben Sie schon gute Vorarbeit geleistet, Lina! Ich war währenddessen bei den beiden

Tageszeitungen und bin dort auf große Bereitschaft zur Mithilfe gestoßen. Sie erhoffen sich natürlich auch weitere interessante Berichte über den Fortgang der Ermittlungen. Ich hab versprochen, dass wir sie auf dem laufenden halten, soweit es möglich ist."

Er warf nun einen genaueren Blick auf die Liste. Dann merkte er an: „Wir könnten einige in ihrem häuslichen Umfeld aufsuchen. Das ist denen immer so peinlich, dass sie vielleicht kooperativer sind, damit wir schnell wieder verschwinden."

Lina fand die Idee ausgezeichnet. Sie einigten sich darauf, die Männer nach ihren Anschriften geschickter aufzuteilen, damit keiner von ihnen allzu viel herumfahren müsste.

„Wir lassen uns jeweils mit einem Streifenwagen dahin kutschieren. Die Schutzpolizei hat uns ja volle Unterstützung zugesagt. Und wir haben dann jedes Mal einen gelungenen Auftritt. Außerdem kennen die Kollegen sich hervorragend aus in der Stadt."

„Die Verdächtigen, die wir nicht zu Hause antreffen, laden wir dann für den nächsten Tag vor. Die entsprechenden Schreiben können wir vorsichtshalber schon vorfertigen, damit wir sie gleich in den jeweiligen Briefkasten werfen können. Das geht schneller als die Zustellung per Post", schlug Lina vor.

„Ja, gute Idee! Ich lasse Frau Neemann gleich die Vorladungen schreiben. Die will uns gern unterstützen, und Hannes ist ja heute im Urlaub." Er zwinkerte ihr zu und fasste sich an die Stirn, um Küppers vermeintliche Unpässlichkeit anzudeuten.

„Wenn wir heute Nachmittag noch bisschen was schaffen wollen, wäre es vernünftig, nun eine kleine Essenspause einzulegen. Was sagen Sie heute mal zu Döner, Lina?" Andreas sah sie erwartungsvoll an.

„Nun ja, hätte ich nichts gegen, obwohl ich meistens keinen Knoblauch esse, wenn Befragungen anstehen." Sie grinste böse. „Vielleicht ist eine derartige Rücksichtnahme aber diesmal überflüssig."

Andreas lachte und zog sich gleich die feuchte Jacke über. „Ich spurte los und bin schnell zurück. Sie sollen nicht auch noch nass werden."

Schon in der geöffneten Tür stehend erkundigte er sich über seine Schulter hinweg: „Mögen Sie ihn scharf? Oder haben Sie irgendwelche Sonderwünsche?"

Lina meinte nur: „Während der Arbeit esse ich alles, wenn es nur unproblematisch ist. Und vielen Dank für Ihre Mühe."

Indessen Pantekook zur Dönerbude unterwegs war, kam eine Email von der Spurensicherung. Lina entnahm ihr die wichtigsten Fakten. Und notierte sich ein paar Stichpunkte, die sie später mit den anderen erörtern würde.

Fatimas Kleidung war keine billige Kaufhausware. Es befand sich ein italienisches Label darin, was auf ein exklusives Modegeschäft in Mailand hindeutete. Die Unterwäsche war jedoch Massenware, die überall in Europa verkauft wurde. Bei dem Gürtel, mit dem die Kinderleiche verschnürt wurde, handelte es sich um eine exquisite Handarbeit, ob ebenfalls italienischer Herkunft war nicht sicher. Sämtliche Sachen wurden ordnungsgemäß eingelagert und konnten von den Ermittlern jederzeit angefordert werden.

Die Tauchaktion in der Ems beim Sperrwerk war leider ohne besondere Erkenntnisse geblieben. Es wurden vor allem keine Hinweise darauf gefunden, dass Fatimas Körper ursprünglich mit einem Gegenstand beschwert wurde, um sie auf dem Grund des Flusses festzuhalten. Der Täter hatte wahrscheinlich gehofft, dass die Tote von einer Schiffsschraube zerstückelt und dann durch die Ems ins Meer gespült würde. Wenn er überhaupt was gedacht hatte, und die Beseitigung der Kinderleiche nicht lediglich in blinder Panik erfolgt war.

Die Hauptkommissarin lehnte sich in ihren Schreibtischstuhl zurück und verschränkte die Hände im Nacken. Ihr Blick glitt über die hässliche Gießkanne und die niedliche Blume bis nach draußen. Die Fensterscheiben waren nass vom Regen. Inzwischen schien es sogar zu stürmen, denn die Baumwipfel tanzten äußerst temperamentvoll vor dem bleiernen Himmel.

Sie würden neben der regionalen Ermittlung internationale Hilfe benötigen, sinnierte die Kriminalistin. Das bedeutete, dass zuerst das LKA und das BKA eingeschaltet werden mussten. Lina fürchtete die Rangelei um die Kompetenzen. Vielleicht sah sie aber zu schwarz. Sie hatte auch schon gut mit den überörtlichen Behörden zusammengearbeitet. Es hing immer von den Menschen ab, mit denen man dort gerade zu tun hatte. Ihr blieb sowieso keine andere Wahl. Vielleicht konnte sie die ganze Sache ein paar Tage hinauszögern, aber im Interesse einer baldigen Aufklärung war das möglicherweise nicht.

Andreas kam so leise ins Büro, dass sie es beinahe über ihren tiefgründigen Gedanken nicht bemerkt hätte. Er hatte schon Teller und sogar Besteck besorgt und balancierte damit bis zu ihrem Schreibtisch.

„Möchten Sie gleich hier essen, oder lieber dort am Tisch?", fragte er betulich wie immer.

„Stellen Sie es lieber dort auf den Tisch. Wir wollen ja keine Fettflecken auf den Papieren hinterlassen", lächelte Lina und half ihm dabei, die Sachen hinüberzuschaffen.

„Nun hab ich vergessen zu fragen, was Sie trinken möchten. Wir haben hier nur Kaffee, Tee und Wasser." Der Kollege wirkte ehrlich betrübt.

„Ich trinke das gute Emder Wasser aus dem Hahn. Das schmeckt mir ausgezeichnet und hat keine Kalorien", antwortete sie fröhlich und packte ihren Döner aus der Alufolie auf den Teller. Andreas war schon wieder unterwegs, um zwei Gläser Wasser zu holen.

Wenn ich für immer hier arbeitete, müsste ich ihm das Bemuttern abgewöhnen, dachte sie innerlich schmunzelnd. Es würde sie sonst allmählich in eine ungewollte Abhängigkeit von ihm führen.

Sie aßen sehr gemütlich und ungezwungen zusammen an dem Beistelltisch. Der Döner war von hervorragender Qualität. Die Emder Polizei wusste was gut war und bediente sich anscheinend nur aus den besten Läden vor Ort.

Als sie die letzten Krümel vertilgt hatten, kam Frau Neemann mit den fertig gedruckten Vorladungen in die Kommando-Zentrale.

„Oh, hier riecht es ja wie beim Griechen", lachte sie und lief gleich zum Fenster, um es auf Kippe zu stellen. Der starke Wind blies sofort heftig hinein und warf die noch offen stehende Tür krachend ins Schloss.

„Entschuldigung", stammelte sie betreten, während sich ihr Gesicht bis unter die Haarwurzeln knallrot verfärbte.

„Die Mittagspause ist zu Ende! Das war das Signal zum Aufbruch." Herr Pantekook grinste breit und erhob sich vom Stuhl. Andeutungsweise wischte er seine Hände an der Hose ab, obwohl er Besteck benutzt hatte, und tätschelte der Sekretärin dann beruhigend die Schulter. Die drückte ihm ohne ein weiteres Wort die Briefe in die Hand und verließ in Windeseile das Büro.

Lina räumte das gebrauchte Geschirr zusammen und warf die Verpackung in den Mülleimer, während Andreas an seinem Schreibtisch die Unterschriften unter die Vorladungen setzte.

„Wo können wir das Geschirr denn abspülen?", fragte sie geschäftig.

„Das macht Frau Neemann in der Küche. Ich bringe das sofort rüber. Wir haben wichtigeres zu tun!" Er war schon mit den schmutzigen Tellern durch die Tür verschwunden, bevor Lina irgendetwas einwenden konnte.

Sie nahm die Briefe von seinem Schreibtisch und pickte sich ihre Kandidaten heraus.

17. Das Ekel

Lina hatte als Begleitung zu den anstehenden Befragungen diesmal eine ausgesprochen hübsche junge Polizistin an die Seite gestellt bekommen. Die junge Frau besaß langes kupferfarbenes Haar, das sich seidig leuchtend von der dunklen Uniform abhob. Und auf ihrer wohlgeformten kleinen Nase prangten einige niedliche Sommersprossen.

Sie fuhr den Polizeiwagen wie der Leibhaftige durch die teils engen Straßen. Nebenbei fühlte sie sich noch in der Lage, ganz entspannt zu plaudern und ihr Mobiltelefon im Auge zu behalten. Die Hauptkommissarin bildete sich eigentlich viel auf ihre eigene Multitasking-Fähigkeit ein, aber diese Fertigkeiten verlangten beinahe nach einer neuen Definition.

„Hier, schauen Sie, Frau Eichhorn, das ist das berühmte Otto-Huus! Da wimmelt es im Moment von Touristen. Alle wollen sie die süßen Ottifanten aus den Herbstferien mit nach Hause nehmen. Haben Sie auch schon welche gekauft? Oder möchten Sie vielleicht, dass ich kurz anhalte, dann können Sie mal reinschauen", plapperte Frauke Janßen, nahm die rechte Hand vom Lenkrad, während sie eine scharfe Linkskurve fuhr und deutete auf die besagte Attraktion.

„Leider haben wir keine Zeit für Zwischenstopps, Frau Janßen. Aber vielleicht schaue ich dort mal nach Feierabend vorbei und kaufe einen Ottifanten für meinen Enkel Oskar." Lina klammerte sich an den Haltegriff in der Beifahrertür und schickte ein Stoßgebet gen Himmel, als die Beamtin kurz darauf den Streifenwagen mit einer Vollbremsung gerade so vor einer Bahnschranke zum Stehen brachte.

„Ach, diese blöden Schranken, die sind hier in Emden in der ganzen Stadt und bremsen einen übel aus. Was glauben Sie, mit welchem Gefühl wir hier ständig warten, wenn es einen wirklichen Notfall gibt." Sie zog ihre Nase kraus, sodass die Sommersprossen aufeinander zu hüpften. Dann trommelte sie mit dem Zeigefinger auf das Armaturenbrett und tippte mit der freien Hand etwas in ihr Handy.

„Ist es noch weit bis zur ersten Adresse?", fragte Lina nach einer Weile, in der Hoffnung, das nervige Getrommel dadurch zu unterbrechen. Aber Frauke Janßen, die Unvergleichliche, war in der Lage, weiter zu trommeln, den Wagen zu starten und gleichzeitig ausführlich zu antworten: „Ne, nur noch zweimal rechts abbiegen und dann durch die Spielstraße bis ungefähr zur Mitte. Das ist ein Katzensprung, da die Schranken ausnahmsweise schon hochgehen."

Kurze Zeit später parkte die junge Beamtin den Streifenwagen direkt vor einem roten Klinkerbau. Die ganze Straße war mit gleichartigen mehrgeschossigen Mietshäusern bebaut.

Lina bat Frauke Janßen sie zu begleiten. Wenn ein Verdächtiger zu Hause aufgesucht wurde, sollte das nach den Vorschriften niemals von einem Beamten allein geschehen. Keiner konnte wissen, was ihn in einem solchen Fall erwartete. Deshalb hielt die Hauptkommissarin sowohl ihren Dienstausweis, als auch die Waffe griffbereit in der Manteltasche.

Auf ihr Läuten ertönte ein Summton, und die Haustür ließ sich widerstandslos öffnen. Der Anordnung der Klingeln zufolge, musste die Wohnung des vorbestraften Sexualstraftäters sich im zweiten Stockwerk befinden. Die beiden Frauen stiegen hintereinander recht zügig die Treppen hinauf. Sie wollten dem Mann nicht zu viel Zeit geben, die Situation zu erfassen. Das Überraschungsmoment war bei solchen Befragungen immer ein erheblicher Vorteil.

Das schlecht gestrichene Treppenhaus verströmte einen intensiven Geruch nach gebratenem Fleisch.

Im zweiten Stockwerk stand die linke Wohnungstür weit offen. Auf einer abgeschabten Fußmatte waren die Worte ‚Tritt ein – bring Glück herein! ' noch schwach zu erkennen. Der Mieter war nirgends zu sehen.

„Hallo, ist jemand zuhause?" Lina Eichhorn klopfte mehrmals auf den Türrahmen und trat dann in die Diele ein. Die junge Polizistin folgte ihr vorsichtig. Ihre Hand lag auf dem Halfter mit der Dienstwaffe.

Es war augenscheinlich, dass der Bratengeruch aus dieser Wohnung stammte, denn hier war die Luft von Schwaden erfüllt, die aus einer ebenfalls offenstehenden Küchentür hervor waberten.

Plötzlich erschien eine seltsame Figur im Türrahmen. Der dickliche Mann trug Boxershorts und ein geripptes Unterhemd, das vielleicht einmal weiß gewesen war. Seine haarigen Beine steckten in abgelatschten Filzpantoffeln. Über beiden Schultern hingen fleckige karierte Küchenhandtücher. Ein drittes steckte seitlich in seiner Hose und bedeckte wenigstens teilweise die Körperregion, die Lina lieber nicht genauer betrachten wollte.

Aus einem verschwitzten roten Gesicht schaute sie ein entsetztes Paar Schweinsaugen fragend an. Das schüttere Haar des Kerls stand vom Kopf ab, als sei es mit dem Bratenfett gestylt worden. Und der wulstige Mund öffnete sich gerade sprachlos, wie bei einem Karpfen, der nach Luft schnappte.

„Ich bin Hauptkommissarin Eichhorn und habe ein paar Fragen an Sie, Herr Schmitz. Sie sollten dafür einen Moment ihrer kostbaren Zeit erübrigen." Sie streckte ihm ihren Dienstausweis entgegen, ohne sich ihm allzu sehr zu nähern.

Der Hobby-Küchenchef kratzte sich mit dem fettigen Pfannenheber am schlecht rasierten Kinn und fand dann endlich seine Sprache wieder: „Ach, Damenbesuch! Darauf bin ich überhaupt nicht vorbereitet. Ich brate gerade Frikadellen für unseren Männerabend."

Ohne dem Dienstausweis die geringste Aufmerksamkeit zu schenken, glitten seine flinken Blicke wie ein Scanner zwischen den beiden gutaussehnenden Beamtinnen hin und her.

„Na, das ist ja mal ein erstaunlich interessantes Aufgebot, was die Bullen – oh, Entschuldigung – die Polizei mir diesmal auf den Hals schickt. Was Sie wieder von mir wollen, brauche ich ja eigentlich nicht zu fragen." Er wirkte nun gefasst und sogar ein wenig überheblich. Während er in die Küche zurück schlurfte, fügte er feixend hinzu: „Ich muss nur eben die Pfanne vom Herd nehmen. Sonst hab ich die Feuerwehr gleich auch noch auf dem Hals."

Die Hauptkommissarin schüttelte sich und straffte die Schultern. Sie warf Frauke Janßen einen vielsagenden Blick zu, den diese mit einem schrägen Grinsen erwiderte. Dann stand der unangenehme Zeitgenosse auch schon wieder in der Diele. Er schloss die Küchentür hinter sich und ließ die beiden Frauen in seine Wohnstube eintreten. Die Möbel wirkten abgenutzt und schmuddelig. Nur der riesige Flachbildfernseher war nagelneu und von bester Qualität.

Schmitz lümmelte sich sofort auf das durchgesessene Sofa, dessen ehemalige Farbe undefinierbar war. Er bot den Beamtinnen seine beiden Plüschsessel an. Lina Eichhorn setzte sich dem Mann gegenüber etwas verkrampft hin, ohne sich anzulehnen. Die junge Polizistin blieb an ihrer Seite stehen.

„Ist ja seltsam, Herr Schmitz, dass Sie bereits wissen, weshalb wir hier sind. Dann erzählen Sie doch mal ganz ungeniert!" Die Kriminalistin sah den Mann forsch an und hatte ihre Stimme entsprechend modelliert, wie es bei Verhören und Befragungen üblich war.

Nun wirkte der Kerl wieder verunsichert. Er schaute hektisch zwischen den Frauen hin und her, während er sich verlegen den Specknacken kratzte. Das Küchentuch rutschte von seiner rechten Schulter und legte das Tattoo eines Totenkopfes frei, der aus dem verschwitzten Unterhemd grinste.

„Ähm", meinte er dann ziemlich leise. „Ihr kommt doch immer nur wegen dieser kleinen Mädchen, die mich damals falsch beschuldigt haben. Die beiden haben mir doch nur leid getan, die dürren Dinger. Hab ihnen hin und wieder was Süßes geschenkt. Die kamen immer gern hierher zu Onkel Schmitz. Nur wer glaubt schon so einem wie mir. Die kleinen Dinger haben ja so unschuldige Augen und dabei den Teufel im Nacken."

„Sie sind damals ordnungsgemäß verurteilt worden. Und ich denke nicht, dass es sich in diesem Fall um einen Justizirrtum handelt", schnitt die

Hauptkommissarin ihm das Wort ab. „Wir sind auch keineswegs hier, um den alten Fall wieder aufzurollen. Es gibt sehr aktuelle Gründe, weshalb wir diese Befragung durchführen. Und ich weise Sie pflichtgemäß darauf hin, dass Sie bisher nicht als Beschuldigter vernommen werden. Darüber hinaus kennen Sie ja das Prozedere bereits. Sie müssen natürlich nichts sagen, was Sie selbst belasten könnte."

Er nickte jetzt betreten und senkte den Blick auf den Couchtisch, der so voller alter Glasabdrücke war, dass es fast wie ein Muster wirkte.

„Ich zeige Ihnen nun ein Foto und wünsche, dass Sie mir wahrheitsgemäß antworten, sonst ist es besser Sie schweigen. Aber dann werden Sie einen Anwalt benötigen." Frau Eichhorn legte ihm Fatimas Foto vor und beobachtete dabei jede Regung des Mannes.

Der ergriff das Bild mit seinen fettigen Händen und hielt es ins Licht. „Ich brauch meine Brille", meinte er und tastete mit der Hand unter dem Sofa herum. Dann zog er eine etwas verbogene Brille hervor und setzte sie auf. Wiederum warf er einen langen Blick auf das Foto.

„Wer soll das sein? Ich kenn die Kleine nich. Was ist mit der? Wollen Sie mir vielleicht was anhängen?" Der Kerl geriet sichtlich in Panik und wollte vom Sofa aufspringen. Frauke Janßen hatte sofort die Waffe im Anschlag.

„Bleiben Sie sitzen, Herr Schmitz, und beantworten Sie meine Fragen!" Die Hauptkommissarin deutete der Polizistin, die Waffe wieder wegzustecken, obwohl ihr deren prompte Reaktion nicht übel gefiel.

„Haben Sie dieses Mädchen jemals gesehen? Überlegen Sie genau. Sie könnte auch auf einschlägigen Seiten im Internet zur Schau gestellt worden sein. Wir wissen ohnehin, dass Sie diese Portale regelmäßig nutzen."

Der Mann betrachtete die Beamtin jetzt mit einer gewissen Verschlagenheit.

„Ich kenn die nich und hab sie nie gesehen! Hab ich doch schon gesagt. Ich weiß überhaupt nich, was Sie von mir wollen. Ich hab meine Strafe abgesessen und bin ein freier Mann. Ich halt mich von den Kleinen fern. Sehen Sie hier vielleicht irgendwelche Mädchen oder sonst was Verdächtiges?", brachte er patzig hervor.

„Herr Schmitz, wir wissen beide, dass Ihre Worte einer Überprüfung niemals standhalten würden. Ich kann auch mit einem Durchsuchungsbefehl wiederkommen und Ihre Herrenrunde heute Abend mal gehörig aufmischen." Lina nahm Fatimas Foto mit spitzen Fingern wieder an sich. Dann fragte sie: „Wo waren Sie in der vergangenen Woche? Mich interessieren vor allem der Mittwoch und der Donnerstag. Es wäre ratsam sich zügig zu erinnern und gegebenenfalls Zeugen für Ihre Aussage zu benennen."

Jetzt erhellte sich Schmitz' Gesicht zusehends. Er grinste breit und unverschämt: „Oh, das kann ich Ihnen sofort sagen, Frau Kommissarin. Ich war die ganze vorige Woche bis am Samstag bei meiner Schwester in Lüneburg. Die kann das natürlich bezeugen, und ich hab sogar noch die Bahnfahrkarten in meinem Portemonnaie. Kann ich Ihnen sofort zeigen." Er erhob sich und verschwand in der Küche, um die Karten zu holen.

Die beiden Beamtinnen folgten ihm in die Diele. Lina nahm die Fahrkarten in Augenschein und ließ sich noch die Anschrift der Schwester geben, dann verschwanden sie eilig aus dem schmuddeligen Haus.

18. Weitere Befragungen

Als sie zum Streifenwagen gingen, atmeten beide mehrmals tief durch. Lina Eichhorn sah die junge Polizistin von der Seite an und lächelte aufmunternd.

„Ein schrecklicher Kerl war das! Und wie das da stank. Ich dachte, ich bekäme keinen Sauerstoff mehr in die Lungen. Wenn ich mir den mit solchen hilflosen kleinen Kindern vorstelle ..." Die junge Polizistin schüttelte sich vor Ekel, während sie den Wagen startete und gekonnt aus der Parklücke rangierte.

„Der Mann hat ein glaubwürdiges Alibi. Er kann nicht unser Täter sein. Das ist das einzige, was jetzt für uns zählen darf. Dass er ein absolutes Brechmittel ist, macht ihn noch nicht zum Verbrecher. Aber es ist auch für mich noch immer schwierig, derartige Begegnungen zu verarbeiten", erklärte die Hauptkommissarin der jungen Frau. „Ich fühle mich nach solchen Befragungen oft wie beschmutzt." Sie zog ein Desinfektionstuch aus ihrer Tasche, riss die Verpackung auf und reinigte sich gründlich die Hände.

Sie fuhren inzwischen durch eine Siedlung mit älteren Einfamilienhäusern, wie es in Emden viele gab. Es fiel auf, dass es sich hier eben nicht um eine Großstadt handelte, sondern um eine Gemeinde, die noch ausreichend Platz zum Bauen zur Verfügung hatte.

Der Streifenwagen parkte vor einem hellgeklinkerten Bungalow unter einem dunklen Walmdach. Das Häuschen wirkte völlig unauffällig mit seinem gepflegten Vorgarten. Auf dem Rasen wuchs ein hübscher Ahornbaum, dessen Blätter mit wunderschönen Herbstfarben aufwarteten.

Die Beamtinnen schritten ohne Zögern zur Eingangstür und klingelten. *Familie Visser* stand auf einem handgearbeiteten Keramikschild.

Es dauerte eine Weile, bis die Tür geöffnet wurde. Glücklicherweise hatte es inzwischen aufgehört zu regnen. Aber der Wind blies noch immer kalt und unnachgiebig.

Eine verhärmt wirkende Frau mittleren Alters, die eine grüne Schürze umgebunden hatte, stand im Türrahmen und blickte sie verstört an. Nach der ersten Schrecksekunde, bat sie die Polizistinnen eilig herein und schloss sofort die Tür hinter ihnen.

Die Hauptkommissarin zeigte wieder ihren Dienstausweis und stellte sich vor.

„Wir würden gern kurz mit Herrn Eduard Visser sprechen. Ist der Zuhause?", fragte Lina gerade heraus. Sie hatte keine Lust sich unnötig lange aufzuhalten.

„Eduard ist mein Mann. Aber der ist seit zwei Wochen zur Kur in Bad Zwischenahn, nach einer Hüftoperation. Was will die Polizei denn von ihm? Er kann doch nicht wieder was angestellt haben?" Die Frau hatte plötzlich hektische rote Flecken im Gesicht.

„Es handelt sich nur um eine Befragung. Haben Sie vielleicht die genaue Adresse der Kurklinik. Das würde uns schon weiterhelfen, Frau Visser." Sie mussten das Alibi des Mannes unbedingt überprüfen, aber es sah im Augenblick danach aus, als käme Visser auch nicht als Täter infrage. Seine Frau holte schleunigst die gewünschte Anschrift und wirkte merklich erleichtert, als sich die Polizistinnen so schnell wieder verabschiedeten.

Lina sah noch, dass sie in der offenen Haustür stehen blieb, um sich zu vergewissern, dass der Streifenwagen zügig wegfuhr und keiner ihrer Nachbarn aufmerksam geworden war.

„Nun fahren wir in eine etwas vornehmere Gegend. Da gibt es tolle Villen mit eigenem Bootssteg und so", erklärte Frau Janßen beiläufig, während sie auf der schmalen Straße ein halsbrecherisches Ausweichmanöver mit einem entgegenkommenden Lastwagen vollführte.

„Wissen Sie, Frau Eichhorn, hier haben wir einige Kanäle, die durch die Stadt fließen. Früher hat man Emden mal als *Klein-Amsterdam* bezeichnet. Und das nicht wegen der vielen Holländer, die hier eingewandert sind. Aber diese schönen Wasserwege haben sie dann nach dem Krieg, als alles zerbombt war, mit dem ganzen Schutt einfach zugeschmissen. Es sind nur noch wenige erhalten geblieben. Und an denen liegen heutzutage die begehrtesten Grundstücke."

Die hübsche junge Frau fuhr rasant auf die geklinkerte Einfahrt eines beeindruckenden Anwesens mit riesigem Garten, direkt am Kanal gelegen. Respektable alte Bäume wiegten sich im Wind, und überall wirbelten herbstliche Blätter durch die Luft.

„Sind Sie sicher, Frau Eichhorn, dass diese Anschrift stimmt?", fragte die Polizistin unsicher, während sie sich auf das Eingangsportal zu bewegten.

„Ja, wenn hier ein gewisser Dr. Kurt Ackermann wohnt, sind wir genau richtig. Hoffentlich ist der wenigstens vor Ort", antwortete die Hauptkommissarin und betätigte auch schon die Türglocke, die in einem repräsentativen Messingschild unter eben diesem Namen eingelassen war.

Vor der Doppelgarage parkte ein schwarzer Porsche-Macan. Die Polizistin stieß Lina an und nickte zu dem teuren Fahrzeug hinüber. „Da steht wohl jemand auf einen tollen Sound. Ich wette der fährt manchmal absichtlich mit herunter gedrehten Scheiben." Frauke Janßen lachte hell.

In diesem Moment öffnete sich die schwere Haustür. Ein großer Mann in den besten Jahren stand vor ihnen. Er war leger aber kostspielig gekleidet und fuhr sich etwas verlegen durch das kurzgeschnittene graumelierte Haar. Lina Eichhorn bemerkte eine leichte Verunsicherung in seinem Blick, dann hatte er sich sofort wieder im Griff. Sehr ruhig, fast geschäftsmäßig, fragte er: „Was verschafft mir die Ehre Ihres Besuches, oder haben Sie sich in der Tür geirrt?"

Im Hintergrund hörten die Beamtinnen Stimmen, dann ein unbeschwertes Kinderlachen. Kurz darauf erschien in der geschickt mit Antiquitäten gespickten hellen Diele eine sehr junge zarte, etwas kindlich wirkende Frau. Sie warf ihr hellblondes bis zum Po reichendes Haar in einer unnachahmlichen Geste über die Schulter zurück und fragte säuselnd: „Kurt, ist irgendwas wichtiges? Bekommst du Besuch? Letizia und ich wollen nicht stören. Wir können auch morgen wiederkommen."

„Oh, Vanessa! Ich denke das wird nicht lange dauern, Liebes. Geh doch mit Letizia solange nach oben ins Fernsehzimmer! Ich hole euch dann später."

Während die junge Frau ein widerstrebendes etwa dreijähriges Mädchen an der Hand hinter sich her die Treppe hinaufzog, zeigte die Hauptkommissarin dem Mann ihren Dienstausweis und bat darum, ihn kurz sprechen zu können.

„Ja, warten Sie nur einen Augenblick. Sie sehen doch, dass ich lieben Besuch habe", ließ er die beiden Frauen noch in der Tür stehen und drehte Linas Legitimation mehrfach unschlüssig in den Händen. Dann winkte er dem kleinen Mädchen, das ihm von der Treppe Kusshändchen zuwarf, überzogen freundlich zu.

Schließlich saßen die beiden Beamtinnen dem Hausherrn in einem sehr großen luftigen Wohnzimmer gegenüber. Der Raum besaß auf der dem

Garten zugewandten Seite ausschließlich Glas-
schiebetüren. Dadurch wirkte er fast wie ein rus-
tikaler Wintergarten. Aber die vornehme Einrichtung war ausschließlich in Beigetönen gehalten
und schien eher einem exklusiven Designer-
Katalog entsprungen zu sein.

„Darf ich Ihnen irgendetwas anbieten, meine
Damen?", fragte Dr. Kurt Ackermann ganz der
vollendete Gastgeber.

Die Hauptkommissarin lehnte dankend ab. Sie
wollte nun schnell zur Sache kommen.

„Herr Dr. Ackermann, Sie haben vor ungefähr
drei Jahren eine Vorstrafe abgesessen, die wegen
sexueller Übergriffe zu Lasten eines fünfjährigen
Mädchens verhängt wurde. Die Kleine war die
Tochter Ihrer damaligen Lebensgefährtin", begann Lina.

Der Befragte fuhr aus dem Sessel hoch, besann
sich aber dann und setzte sich übertrieben leger
wieder hin. „Sie kommen zu mir wegen einer
Vorstrafe, die solange zurückliegt und die ich
ordnungsgemäß abgesessen habe? Was wollen
Sie von mir? Wird man jetzt laufend von den Behörden kontrolliert, nur weil man mal einen kleinen Fehler begangen hat? Ich habe sogar nach
dem Gefängnisaufenthalt eine Psychotherapie

gemacht." Er warf Lina jetzt einen triumphierenden Blick zu. „Es hat sich herausgestellt, dass ich damals die falsche Frau zur Partnerin gewählt hatte. Sie war Marokkanerin, da gibt es gewaltige kulturelle Unterschiede. So etwas kann doch jeden Mann aus dem Gleichgewicht bringen!"

Lina Eichhorn legte ihm nun das Foto der ermordeten Fatima vor und beobachtete seine Reaktion. Der feine Akademiker blieb vollkommen gelassen, zeigte jedoch trotzdem ein gewisses Interesse an dem Mädchen.

„Ich kenne dieses Kind nicht. Sieht aus wie eine Ausländerin und wirkt nicht gerade gesund. Ein Flüchtlingskind vielleicht? Da gibt's ja mehr als genug von den armen Würmern. Wer weiß was da in Deutschland nochmal auf uns zukommt, wenn die erst alle erwachsen sind." Er wähnte sich auf der sicheren Seite.

„Wo waren Sie denn am Mittwoch und Donnerstag vergangener Woche? Antworten Sie möglichst detailliert, und überlegen Sie genau, ob jemand Ihre Angaben bestätigen kann. Noch stehen Sie nicht im Fokus der Ermittlungen, aber das könnte sich schnell ändern, wenn Sie lügen."

Der Mann holte seinen Terminkalender aus dem Arbeitszimmer und machte bereitwillig alle Angaben. Die meisten Termine waren geschäftlicher Natur gewesen. Er war als Immobilienmakler tätig und deshalb viel unterwegs. Donnerstag wollte er angeblich erst nach Mitternacht zu Hause angekommen sein. Zeugen gab es dafür zwar nicht, aber sein letzter Termin war spät am Abend im Ruhrgebiet gewesen, also wirkten die Angaben realistisch. Die Kriminalistin ließ sich die Namen und Telefonnummern sämtlicher Zeugen geben, damit alles nachgeprüft werden konnte. Dann verabschiedeten sich die Polizistinnen.

Der Immobilienmakler wirkte nun sehr erleichtert und vollkommen entspannt, als er in der geöffneten Tür stand.

„Herr Dr. Ackermann, sind Sie so gut und halten Sie sich trotzdem noch einige Tage zu unserer Verfügung. Verlassen Sie Emden nach Möglichkeit in dieser Woche nicht, ohne uns Bescheid zu geben", meinte Frau Eichhorn in strengem Ton, der keinen Widerspruch duldete. Der Kerl war ihr ein wenig zu locker.

„Oh, ich wollte eigentlich mit Vanessa und der Kleinen eine Woche in mein Ferienhaus auf Norderney fahren. Dann müssen wir das wohl verschieben?" Er schien darüber aber nur leicht betrübt.

„Tun Sie das, Herr Dr. Ackermann, und beachten Sie die Gesetze peinlichst genau! Wir haben ein wachsames Auge." Die beiden Frauen bewegten sich schnellfüßig auf den Streifenwagen zu, ohne einen Blick zurückzuwerfen. Der Befragte schwang die Sicherheitstür daraufhin etwas zu heftig ins Schloss.

Während Frauke Janßen zügig die nächste Adresse ansteuerte, sprachen sie noch über die Befragung von Dr. Ackermann.

„Was ist denn nun, wenn der Kerl bei der neuen Geliebten das gleiche versucht und sich an dem kleinen Mädchen vergreift. Die junge Mutter wirkt doch total naiv und ist ihm wahrscheinlich hörig." Die Polizistin zog frustriert die Augenbrauen zusammen.

„Ja, es gibt unter diesen Sexualstraftätern viele, die immer wieder nach dem gleichen Muster vorgehen, wenn sie sich an Kindern vergehen. Deshalb befragen wir ja im Fall der toten Fatima diese ehemaligen Straftäter. Die habe ich aus einer ganzen Anzahl von Fällen sorgfältig ausgewählt. Wir müssen uns aber darüber im klaren sein, dass unser Täter auch anderswo zu finden sein kann. Und wir sind außerdem verpflichtet zu beachten, dass diese Männer vor dem Gesetz als unschuldig gelten, solange wir ihnen keine Straftat nachweisen können. Vermutungen helfen uns überhaupt nicht weiter." Lina wischte wieder ihre Hände mit einem Hygienetuch gründlich sauber.

Die Polizistin warf ihr einen kurzen Seitenblick zu und meinte grinsend: „So schmutzig wirkte es bei diesem vornehmen Doktor doch gar nicht."

„Nicht äußerlich, Frauke, nicht äußerlich!", antwortete Lina ernst, steckte das benutzte Tuch sehr sorgfältig wieder in die aufgerissene Verpackung und dann in ihre Manteltasche.

Bei der nächsten Anschrift, einem ungepflegten Hochhaus, öffnete auf ihr mehrmaliges Klingeln niemand die Tür. Die Hauptkommissarin wurde also eine ihrer vorbereiteten Vorladungen los.

Der Briefkasten wirkte zwar nicht besonders vertrauenserweckend. Die verbogene Blechtür war mit einem undefinierbaren roten Schriftzug beschmiert und hing nur noch an einem Scharnier. Aber es blieb ihnen keine andere Wahl, als den Brief hineinzuwerfen. Sollte der Mann sich nicht auf dem Polizeirevier einstellen, musste er eben nochmals aufgesucht und notfalls die Nachbarn befragt werden.

19. Reflektionen

Nachdem die beiden Polizistinnen auch bei der letzten Anschrift keinen Erfolg hatten, weil der Mann offenbar verzogen war, ließ sich Lina in der Stadt absetzen. Gemäß der Empfehlung ihrer Kollegin, lief sie über den Emder Stadtwall nach Hause.

Der Wind blies noch immer heftig. Sie holte mit großen Schritten kräftig aus. Das Navigationssystem auf ihrem Handy zeigte ihr dabei den unbekannten Weg an. Bei solchen Gelegenheiten begrüßte sie die moderne Technik.

Auf dem Wall waren zu dieser Zeit nur wenige Menschen unterwegs. Es wurde schon allmählich dunkel, zumal hier viele alte Bäume das Licht abhielten. Einige Hundebesitzer führten ihre Lieblinge vor dem Abendprogramm noch einmal Gassi. Zwei Jogger trainierten verbissen, mittels individueller Beschallung aus Ohrstöpseln, ohne ihre Umgebung wahrzunehmen. Hin und wieder schoss auch unvermittelt ein Radfahrer an ihr vorbei. Das kannte sie aus Oldenburg. Radler verlangten ständig Rücksichtnahme, hielten sich aber selbst oft nicht daran.

Sie bewegte sich vorsichtshalber am äußersten Rand des Weges. Der kühle Wind zerzauste ihr lockiges Haar und klärte ihren Verstand. Als sie wieder in der *Großen Straße* ankam und das Haus endlich vor sich sah, in dem sie so wunderbar untergekommen war, fühlte sie sich etwas besser.

Das Treppenhaus roch sauber und wirkte anheimelnd. Sie schloss gelöst die Wohnungstür auf. In diesem Moment hörte sie, wie auch die Tür der gegenüberliegenden Wohnung geöffnet wurde. Als sie sich umwandte, sah sie sich einer dauergewellten älteren Frau gegenüber, die einen Mops auf dem Arm hielt, der sie seltsam anglotzte.

„Guten Abend! Ich bin Alma Buss, Ihre Nachbarin", sagte die Alte mit lauerndem Blick. „Ist Herr Grothe gar nicht da? Oder ist er ganz ausgezogen? Der ist nämlich bei der Polizei, da hab ich mich immer sehr sicher gefühlt."

„Ich bin Lina Eichhorn und wohne hier nur vorübergehend. Herr Grothe kommt bald wieder zurück. Ich arbeite auch bei der Polizei. Sie können sich also weiterhin vollkommen sicher fühlen. Nun wünsche ich Ihnen noch einen sicheren guten Abend, Frau Buss!" Lina musste sich beherrschen, um nicht zu ironisch zu klingen. Ihr gingen neugierige Nachbarinnen immer schon auf die Nerven. Und gerade jetzt brauchte sie nur noch ihre Ruhe. Sie zog sich bis auf die seidene Unterwäsche aus und trank in der Küche ein großes Glas Wasser.

Als sie ins Bad kam, fröstelte sie. Ihr müder Blick fiel auf die Badewanne, und sofort wusste sie, was ihr jetzt noch fehlte. Sie ließ wohltemperiertes Wasser einlaufen und fand tatsächlich einen Badezusatz mit entspannenden Kräuterextrakten, den sie hinzufügte. Dann ließ sie sich tief seufzend in die Wanne gleiten.

Eine Weile lag sie mit geschlossenen Augen in dem aromatischen Wasser. Die wohlige Wärme entkrampfte sie wundervoll. Sie bemerkte erstaunt, dass der kühle Herbstwind ihrer Körpertemperatur offenbar stark zugesetzt hatte. Allmählich fühlte sie sich aber wieder normal.

Träge ließ sie die Gedanken durch den vergangenen Tag gleiten und hakte die erledigten Dinge innerlich ab. Die kleine Fatima erschien vor ihrem geistigen Auge und sah sie vorwurfsvoll an, weil sie leider mit der Aufklärung ihres gewaltsamen Todes noch keinen Schritt voran gekommen war.

Lina fasste sofort einen Entschluss. Sie würde den irritierenden Joe Kokker auf jeden Fall mit ins Boot holen. Sollte er sich doch durch die verstörenden Dateien im Internet klicken. Vielleicht hatten sie dadurch eine größere Chance, den Täter zu entlarven.

Außerdem könnte sie persönlich Kontakt zur Polizei in Mailand aufnehmen. Dort kannte sie einen deutschsprechenden Kollegen aus einem zurückliegenden Fall. Damals war es um eine italienisch-deutsche Familie gegangen, die der Mafia nahestand. Sie hatte den Namen und die Telefonnummer des hilfreichen Kollegen in ihrem Computer, da war sie sicher.

Kokker würde ihr bestimmt ein detailliertes Foto von dem Kleid machen, das Fatima getragen hatte. Vielleicht brachte sie dieses Fundstück dann, mit Unterstützung der italienischen Polizei, auf eine brauchbare Spur.

Außerdem stand auch noch ein Laborbericht aus. Und ihr Kollege Pantekook hatte immerhin die Hälfte der Befragungen abgearbeitet, möglicherweise hatte er hilfreiche Ergebnisse erhalten. So schlecht sah die Ermittlungslage also gar nicht aus.

Das Wasser kühlte langsam ab. Deshalb beendete sie das Bad und rubbelte sich mit einem riesigen flauschigen Frottee-Tuch trocken.

Während sie eine angenehm duftende Körperlotion in ihre Haut einmassierte, dachte sie über Oliver Grothe nach. Er war wohl ein außergewöhnlicher Mann. Seine Junggesellenwohnung wirkte erstaunlich gut ausgestattet. Sie wünschte sich den Wohnungseigentümer irgendwann einmal persönlich zu treffen, um ihm für den angenehmen Aufenthalt zu danken. Hoffentlich würde er sich von seiner Krebserkrankung bald erholen.

Lina Eichhorn saß schließlich in ihrem kuscheligen Hausanzug auf dem gemütlichen Sofa. Im Hintergrund spielte dezente Musik. Vor ihr lag ein Zettel, auf dem sie sich einige wichtige Gedanken notierte, damit sie den nächsten Tag gleich mit einem straffen Programm beginnen konnte. Sie überließ die Dinge nicht gern dem Zufall. Nach einer Weile lehnte sie sich aufatmend zurück und griff nach ihrem Mobiltelefon, um ihrem Vater kurz eine gute Nacht zu wünschen.

„Ach, Eichhörnchen! Schön, dass du mal Zeit hast, deinen alten Vater anzurufen." Big Boss klang nicht vorwurfsvoll. Er lachte fröhlich. Im Hintergrund hörte Lina Musik und eine Frauenstimme.

„Ja, ich freue mich auch, dass ich für heute der Tretmühle entkommen bin. War keiner meiner besten Tage! Wie geht's dir, Big Boss? Alles im grünen Bereich? Sag, ist die Pflegerin gerade bei dir? Ich will nicht stören", meinte Lina.

„Ach, was, Pflegerin! Die sind schon durch. Du weißt doch, man behandelt uns hier wie Kleinkinder, die vor der Tagesschau ins Bett müssen. Ne, nicht mit mir, mein Kind! Ich hab noch bisschen netten Besuch. Wir hören Musik und spielen Schach." Er klang triumphierend.

„Oh, dann hast du endlich einen Schachpartner gefunden. Das hat ja lange gedauert. Ist er nett?", wollte sie wissen.

„Er, er, er! Es ist natürlich eine Dame, mein Kind! Brunhilde ist eine wirkliche Dame und eine hervorragende Spielerin!" Dann flüsterte er ins Telefon: „Ein Neuzugang! Ein einmaliger Glücksfall!"

„Oh, das freut mich sehr für dich! Dann wünsche ich euch noch einen unterhaltsamen Abend. Und schlaf recht schön heute Nacht, Opa. Ich hab dich lieb!"

„Ja, ja, nenn mich nicht immer Opa, das macht mich alt! Ruh' dich gut aus, damit die Schurken nicht ohne Strafe davon kommen." Lina hörte ihn noch erklären, dass seine Tochter eine tüchtige Hauptkommissarin sei, dann wurde das Gespräch unterbrochen.

Sie lächelte, als sie das Telefon aus der Hand legte. Der alte Herr hatte Glück beim anderen Geschlecht. Er hatte zwar seine Frau – Linas Mutter – früh verloren, aber danach war er nie ein Kind von Traurigkeit gewesen. Seine ehrliche und fröhliche Art kam überall gut an, gerade in der Damenwelt.

Bei ihr war das ganz anders. Sie verschloss sich leicht, wenn jemand echtes Interesse an ihr zeigte. Deshalb war Ricardo damals für sie der ideale Partner. Obwohl sie immer beide ihr eigenes Leben geführt hatten, waren sie sich in inniger Liebe zugetan gewesen, was sich in ihrer gemeinsamen Tochter Carina manifestiert hatte.

Nach Ricardos plötzlichem Tod hatte sie jahrelang nicht das geringste Interesse am anderen Geschlecht verspürt. Ihre Arbeit und die Sorge um ihren alten Vater hatten ihr Leben völlig ausgefüllt. Ab und zu waren ihr auf Partys Männern begegnet, die interessiert wirkten. Mehr als hin und wieder ein Date ohne Folgen war nie daraus geworden.

Übergangslos sprangen ihre Gedanken zu Joe Kokker. Sie fühlte wieder das Kribbeln im Magen. Es war verwirrend und aufregend zugleich. Sie war nicht in der Lage, sein Bild in ihrem Kopf zur Seite zu schieben. Hartnäckig hielt es sich auf einer inneren Leinwand und schien immer klarer und beunruhigender zu werden. Sie bemerkte das reizende kleine Muttermal neben seinem Auge, während er sie lange und durchdringend anblickte. Die große gerade Nase wirkte edel. Seine Lippen sprachen zu ihr von Lust. Lina glaubte die Hand ausstrecken und leicht über seine erotischen Oberschenkel streichen zu müssen. Es war wie ein körperlicher Zwang.

Gewaltsam riss sie sich aus diesen Träumereien und schaltete den Fernseher ein, um wieder in die Realität zurückzufinden. Es würde ihr nicht helfen, wenn sie sich wie ein verliebter Teenager aufführte. Sie hatte hier in Emden einen üblen Todesfall aufzuklären, und danach würde sie umgehend nach Oldenburg in ihr altes Leben zurückkehren.

20. Unterstützung

Das Wetter war am nächsten Morgen erheblich freundlicher. Der noch spürbare Wind wirbelte unaufhörlich bunte Blätter durch die Straßen, aber die Sonne lugte wieder zwischen den Wolken hervor.

Im Büro war es recht gemütlich, zumal es angenehm nach frischem Kaffee duftete.

Andreas Pantekook schilderte Lina in allen Einzelheiten, was seine Befragungen der einschlägig Vorbestraften erbracht hatten. Auch er konnte leider keine wirklich wichtigen Ergebnisse vorweisen. Zwei seiner Klienten waren nicht angetroffen worden, die hatte er schriftlich vorgeladen. Es mussten noch einige Alibis überprüft werden. Sie einigten sich darauf, dass Hannes diese Arbeit übernehmen sollte.

Der junge Mann stürmte gerade in diesem Augenblick den Raum, sodass auf den Schreibtischen die Papiere durcheinander flatterten. Natürlich fiel die Tür hinter ihm wieder krachend ins Schloss.

„Ach, da bist du ja, Hannes!" Pantekook behielt seine freundlich ruhige Art bei, obwohl er genervt einige Blätter vom Boden aufsammelte. „Wir hoffen, du bist wieder voll einsatzfähig, denn hier warten wichtige Aufgaben auf dich. Komm gleich mal hierher, ich erkläre dir alles und dann kannst du zügig loslegen." Er drückte dem Anwärter die Unterlagen in die Hände und experimentierte ihn in Grothes leer stehendes Büro, damit er die Telefonate dort in aller Ruhe erledigen könnte.

Lina war das sehr recht. So waren sie etwas ungestörter bei den weiteren Nachforschungen. Als Andreas zurückkam, sprach sie ihn gleich auf eine Mitwirkung von Joe Kokker an.

„Ja, das ist eine hervorragende Idee. Der Joe ist nebenbei unser Computerspezialist. Es gibt nichts, was der nicht hinbekommt. Manchmal arbeitet er für uns am Rande der Legalität, aber wie soll man sonst an die perfiden Täter rankommen?" Er zwinkerte und lächelte Lina schräg an. „Also meinen Segen haben Sie, wenn Sie den Joe in die SoKo einbeziehen möchten. Der Staatsanwalt hat uns sowieso die Zügel schießen lassen. Er hält sich aus allem raus solange es läuft. Will unbedingt eine schnelle Aufklärung, damit Emden nicht schlecht dasteht."

„Ich spreche dann am besten kurz persönlich mit Herrn Kokker. Er wird hoffentlich in seinem Büro sein." Die Hauptkommissarin machte sich sofort auf den Weg in die obere Etage. Am liebsten hätte sie den Fahrstuhl genommen, weil sich ihre Knie irgendwie unnormal weich anfühlten und die Luft nicht recht bis in die Lunge fließen wollte. Aber diese Blöße mochte sie sich nicht geben.

Vor der Tür angekommen musste sie tatsächlich eine Weile verschnaufen, um wieder normal atmen zu können. Ihr Herz schlug trotzdem noch schneller als gewöhnlich. Aus dem Zimmer hörte sie einen lauten heavy-metal-sound. Sie klopfte vorsichtshalber etwas fester an und öffnete danach selbst die Tür.

Kokker saß vor einem seiner Computer und hob erstaunt den Blick, als sie eintrat. Es traf sie wie ein Blitzschlag aus seinen unergründlichen dunklen Augen. Schnell murmelte sie einen Gruß und zog sich den Stuhl heran, um Halt zu finden und das unkontrollierte Zittern zu unterdrücken. Die laute Musik wurde abrupt ausgeschaltet und wich einer unangenehm dumpfen Stille.

„Herr Pantekook und ich würden Sie gern zu unserer Unterstützung in die *SoKo Fatima* aufnehmen. Wenn Sie also noch möchten, könnten Sie sofort anfangen, Herr Kokker." Sie war froh, dass ihre Stimme fest und klar wirkte. Ohne ihm nochmals direkt in die Augen zu sehen, erklärte sie dem Kollegen, dass sie ein gutes detailliertes Foto von Fatimas Kleid benötige.

Der vielseitige Fotograf verstand sie sofort. Er würde sich umgehend darum kümmern und mehrere Fotos zur Auswahl anfertigen. Danach wollte er sich an die Recherche im Internet machen. Was, wie er grinsend meinte, natürlich nicht so easy sein würde.

„Ehrlich gesagt, mache ich lieber Fotos als diese Nachverfolgung der schmuddeligen User des Darknet. Die Seiten sind mit derart perversen Angeboten voll, dass mir regelmäßig übel davon wird." Für einen Moment schaute er sehr betrübt aus. Dann lächelte er Lina jedoch unwiderstehlich an, was sie beinahe jegliche Beherrschung verlieren ließ, und frotzelte: „Eine gute Flasche trockener Rotwein könnte mich aber danach wieder mit der Welt versöhnen. Andreas kennt meine Lieblingssorten."

Lina Eichhorn beeilte sich, zurück in ihr Büro zu gelangen, damit sie sich innerlich sortieren und ihr gefühlsmäßiges Chaos wieder in den Griff bekommen konnte. Pantekook war glücklicherweise irgendwo unterwegs. Also öffnete sie das Fenster und atmete die kühle Herbstluft in tiefen Zügen ein. Was in aller Welt war mit ihr los? Sie kannte sich selbst nicht mehr. Sie konnte sich überhaupt nicht erinnern, jemals derart hilflos ihren Gefühlen einem Mann gegenüber ausgeliefert gewesen zu sein. Selbst Ricardo hatte sie niemals so durcheinander gebracht. Ob das die Wechseljahre waren? Vielleicht handelte es sich um eine Art von Torschlusspanik? Jede Menge Panik war zweifellos dabei.

„Haben Sie Joe überreden können, Lina? Wie viel Flaschen Rotwein müssen wir diesmal springen lassen?", fragte Andreas plötzlich hinter ihr und riss sie damit aus ihren wirren Gedanken.

Frau Eichhorn drehte sich zu ihm um. „Er hat sowas von Rotwein angedeutet und gesagt, Sie würden seine Lieblingssorten kennen. Ob das ernst gemeint war, weiß ich allerdings nicht. Sie kennen den Kollegen besser!" Sie schloss das Fenster und setzte sich wieder an den Schreibtisch.

„Ach, der Joe ist schwer in Ordnung. Der ist wirklich hilfreich für uns und lässt sich meistens nicht lange bitten. Das ist schon mal die eine oder andere Flasche wert", erklärte Pantekook sanft.

Dann fügte er hinzu: „Ich werde, wenn es Ihnen recht ist, nochmal zum Sperrwerk fahren und mit den Mitarbeitern reden. Vielleicht lässt sich doch noch irgendetwas herausfinden. Oder brauchen Sie mich im Moment hier?"

Die Hauptkommissarin schüttelte den Kopf. „Das ist eine gute Idee. Ich habe gleich vor, zu einem italienischen Kollegen Kontakt aufzunehmen, der vielleicht etwas über das teure Kleidchen herausfinden kann, was Fatima trug. Wir dürfen nichts unversucht lassen."

„Das ist gut so! Und ehe ich es vergesse − Frau Neemann hat sich bereit erklärt, die Hinweise aus der Bevölkerung entgegen zu nehmen, die bestimmt sehr zahlreich sein werden, wenn morgen in den beiden Heimatzeitungen über den Fall berichtet wird." Damit verschwand Pantekook aus dem Büro und Lina konnte endlich in Ruhe weiterarbeiten.

Sie suchte nach der Telefonnummer des Kollegen in Mailand. Dann tippte sie die lange Zahlenreihe ein. Er meldete sich prompt auf italienisch mit einem Wortschwall, den sie nicht verstand. Ihre Kenntnisse seiner Muttersprache waren leider nur beschränkt. Sie reichten gerade mal so für einen kleinen Urlaubsaufenthalt in Italien. Glücklicherweise sprach der Kontaktmann ein fast perfektes Deutsch.

„Hallo, Luigi, hier ist Lina Eichhorn, aus Deutschland. Erinnerst du dich an mich?" Sie war für einen Moment verunsichert. Vielleicht hatte er ihre Zusammenarbeit bereits vergessen?

„Ah, hallo, Bella! Welcher Mann würde dich nicht ewig in Erinnerung behalten?", schmeichelte er ihr in der üblichen Weise. „Schön, deine Stimme mal wieder zu hören. Bist du in Deutschland oder hier in Italien?"

„Ich bin leider in Deutschland, genauer gesagt in Emden. Das Wetter ist bei euch bestimmt angenehmer. Ich rufe aber leider nicht zum Vergnügen an. Wir haben hier ein kleines totes Mädchen, dessen Mörder wir unbedingt dingfest machen müssen, und eine Spur führt nach Mailand." Lina versuchte das Interesse des Kollegen zu wecken, obwohl diese Fährte nach Italien wirklich nur fadenscheinig war.

„Si, hat das - wie damals - mit der Mafia zu tun, Lina?", wollte Luigi wissen.

„Das wissen wir leider nicht mit Bestimmtheit. Die Identität des Opfers ist bisher nicht geklärt. Möglicherweise ein Flüchtlingskind. Jedenfalls ist sie vor ihrem gewaltsamen Tod aufs übelste misshandelt und sexuell missbraucht worden."

„Und die Spur führt zu uns nach Milano?" Er überlegte einen Moment. „Natürlich haben wir hier immer mal wieder Fälle von Kinderhandel. Besonders unbegleitete Kinder geraten in die Fänge von einschlägigen Händlern. Die werden in alle Teile Europas verschickt. Es interessiert sich niemand dafür, was mit den Kleinen geschieht. Manchmal wurden sie aus Not sogar von den eigenen Verwandten verkauft. Üble Sache ist das, sag ich dir! Da wird auf Kosten der Schwächsten eine Menge Geld gemacht." Der Kollege schluckte und war still.

„Ja, solch ein Fall könnte hier vorliegen. Wenn mit den Kindern etwas zu verdienen ist, wird die Mafia doch sicher auch darin verstrickt sein? Oder irre ich mich diesbezüglich?"

„Die Mafia hat eigentlich hier in Italien überall ihre Finger im Spiel. Das ist problematisch, weil die dicht halten. Es gibt kaum aussagewillige Zeugen oder Mittäter. Die scheuen nicht davor zurück, jeden der redet, kalt zu machen. Aber, wem sag ich das? Wir hatten doch bereits beide das Vergnügen! – Was kann ich jetzt konkret für dich tun, Bella?"

„Ich werde dir per Mail ein paar Fotos schicken, wenn ich darf. Du könntest, sobald du das zeitlich einrichten kannst, recherchieren, ob das Mädchen aus einem eurer Flüchtlingslager stammt. Außerdem trug es ein Kleidchen, das in einem Modegeschäft in Mailand gekauft wurde. Das könnte eine Spur zum Täterring sein. So viele von diesen Kleidern werden dort wahrscheinlich nicht verkauft worden sein. Sobald ich die Fotos habe, schicke ich sie dir rüber, Luigi. Und ich wäre dir für deine Hilfe unendlich dankbar", bettelte Lina förmlich und gab ihrer Stimme einen süßen Klang. Sie wusste, wie sie mit Luigi umgehen musste.

„Oh, Bella, versprich mir nicht zu viel! Es könnte sein, dass ich dich demnächst beim Wort nehme und den Dank einfordere." Er lachte gutmütig. Dann sagte er ihr seine Unterstützung zu und verabschiedete sich überschwänglich von ihr. Sie musste ihm wieder einmal versprechen, wenn sie nach Italien käme, unbedingt bei ihm vorbei zu schauen.

Weil sie wusste, dass er seine Frau sehr liebte, mit der er drei entzückende Bambini hatte, nahm sie seine übertriebenen Komplimente mit Humor.

Der weitere Tag war so angefüllt mit Arbeit, dass Frau Eichhorn kaum zum Luftholen kam. Das Labor hatte ihnen endlich den abschließenden Bericht übermittelt. Woraus nicht viele Neuigkeiten hervorgingen, außer dem Nachweis von Fremd-DNA.

Es war eine kleine Sensation, dass der Täter kein Kondom benutzt, sondern ihnen leichtfertig seinen genetischen Fingerabdruck im Körper des Opfers hinterlassen hatte.

Lina veranlasste sofort, in allen Datenbanken regional, sowie bei LKA, BKA und Europol nach einem deckungsgleichen Muster zu suchen. Wenn der mutmaßliche Sexualverbrecher im Zusammenhang mit einer anderen Straftat jemals genetisch erfasst worden war, hätten sie nun die Chance, seiner habhaft zu werden.

Nachmittags tauchten die vorgeladenen ehemaligen Sexualstraftäter im Polizeirevier auf, und die Hauptkommissarin musste sich wieder mit der ergebnislosen Befragung von drei höchst unangenehmen Typen verschiedenen Alters herumschlagen.

Danach machte sie pünktlich Feierabend und lief noch ein bisschen ziellos durch die Stadt. Das Otto-Huus hatte schon geschlossen, so konnte sie nur die Schaufensterauslage bestaunen. Sie nahm sich vor, wirklich eine Kleinigkeit für Oskar zu kaufen, wenn sie es schaffte, während der Ladenöffnungszeiten noch einmal hierher zu kommen.

Sie schmunzelte, weil selbst die roten und grünen Ampelmännchen an den bekannten Emder, Otto Walkes, erinnerten.

Ihr Blick glitt über die eindrucksvollen Schiffe, die im Delft vor Anker lagen. Die Sonne senkte sich bereits merklich und ließ zwischen einzelnen Wolken einen herannahenden malerischen Sonnenuntergang erahnen. Eine Weile benötigte sie, um ein Lebensmittelgeschäft zu finden, wo sie noch einige Dinge für Abendbrot und Frühstück beschaffte. Dann eilte sie mit großen Schritten in ihre gemütliche Unterkunft zurück.

21. Neue Erkenntnisse

Die Berichterstattung in der örtlichen Presse rief eine ungeahnte Flut von Anrufen wohlmeinender Personen hervor, die unbedingt irgendetwas zur Aufklärung des entsetzlichen Verbrechens beitragen wollten.

Frau Neemann musste am Telefon von Küpper und einem weiteren Beamten unterstützt werden, um der Welle von Hilfsbereitschaft Herr zu werden. Es würde mindestens noch einen Tag dauern, die vielen Hinweise genauer unter die Lupe zu nehmen.

Andreas hatte die Mitarbeiter des Sperrwerks auch nochmals eingehend befragt, leider ohne neue Erkenntnisse, und sich die Aufnahmen der Überwachungskamera aus der fraglichen Nacht genau angesehen.

„Ich hab auf dem Film der Überwachungskamera um drei Uhr fünfundzwanzig einen Lichtkegel gesehen, der vielleicht vom Fahrzeug unseres Täters stammt. Er hat sich nicht länger als fünf Minuten dort aufgehalten. Für ein heimliches Liebespaar eindeutig zu wenig Zeit. Wenn man den Wagen sehen könnte, hätte es uns vielleicht was geholfen. Aber so …?" Pantekook wirkte betrübt.

„Können wir nun einmal nicht ändern! Vielleicht sind bei den Hinweisen aus der Bevölkerung ja brauchbare Spuren?" Lina sah den Kollegen erwartungsvoll an. Sie wusste, dass er kurz mit Frau Neemann gesprochen hatte.

„Ach, das ist wie immer. Viele möchten was gesehen haben. In Wahrheit wollen sie sich nur interessant machen oder sind scharf auf Insider-Informationen. Das ist keine Freude, diese Anrufe den ganzen Tag entgegenzunehmen und dabei freundlich zu bleiben."

„Ja, kann ich mir vorstellen! Ich habe übrigens von Kokker ganz ausgezeichnete Digital-Fotos bekommen und gleich per E-Mail an den Kollegen in Mailand versandt. Der ist sehr tüchtig. Vielleicht bekommt er irgendetwas heraus. Der europaweite DNA-Abgleich läuft auch noch", erklärte die Hauptkommissarin und versuchte Zuversicht in ihre Worte zu legen.

„Unsere Arbeit ist wie gewöhnlich, ein verzwicktes Puzzle-Spiel. – War bei den ehemaligen Straftätern einer, den man einem Gentest unterziehen sollte, weil sein Alibi fragwürdig ist? Immerhin hätten wir jetzt diese Möglichkeit." Der Kollege sah sie hoffnungsvoll an.

„Die Befragungen waren höchst unangenehm, haben aber leider keine verwertbaren Ergebnisse geliefert. Ich bin mir sicher, dass die Kerle nicht in jeglicher Hinsicht sauber sind, aber die Alibiüberprüfungen, die Küpper durchgeführt hat, hielten stand. Was wollen wir machen? Wir können nichts erzwingen!"

Die Bürotür öffnete sich und Joe Kokker stand im Türrahmen. Linas Herz tat einen Satz und befand sich plötzlich in ihrem Unterleib. Sie krallte sich am Schreibtischstuhl fest und war dankbar, dass Andreas sofort reagierte.

„Moin, Joe, gibt's was Neues bei dir? Wir fischen hier derart im Trüben, dass wir schon schwermütig werden", sagte er sichtlich erfreut, den Kollegen zu sehen.

„Es wäre denkbar, dass ich die Kleine auf einem dieser perversen Fotos entdeckt habe. Will mal einer von euch mitkommen und einen Blick drauf werfen? Vielleicht bringt's uns irgendwie weiter." Kokker rollte mit den Schultern, als litte er unter Verspannungen und blickte erwartungsvoll von Pantekook zu Lina.

„Deshalb bist du extra runtergekommen? Du hättest uns auch anrufen können. All die vielen Treppen", stöhnte Andreas.

„Ich musste mich etwas bewegen. Glaubst du, das ist eine so tolle Sache, stundenlang auf diesen Schmuddelseiten zu surfen?" Er wandte sich zum Gehen und fragte über die Schulter zurück gewandt: „Wer kommt denn nun mit? Ich hab nicht ewig Zeit." Damit verschwand er.

Weil Pantekook zögerte, erhob sich die Hauptkommissarin widerstrebend. Sie ging langsam hinter Joe Kokker her und ließ so viel Abstand zwischen ihnen, dass ein Gespräch im Treppenflur nicht möglich war.

Oben angekommen fand sie die Tür offen vor. Kokker saß bereits wieder am Schreibtisch und schien sehr vertieft in seine Arbeit. Lina trat ein, schloss leise die Tür und stellte sich hinter ihn, um einen guten Blick auf den Bildschirm zu haben. Es war noch nicht wirklich etwas zu sehen nur ein Wirrwarr von flimmernden Zahlen und Buchstaben.

„Dauert nur einen Moment", murmelte er, während seine schlanken Hände schnell und geschickt arbeiteten.

Klavierspielerhände, dachte Lina und fühlte wieder dieses Kribbeln unter der Haut. Obendrein nahm sie den angenehm herben Duft seines gepflegten Haares wahr. Sie musste sich seitlich an der hohen Rückenlehne seines Stuhles festklammern und hoffte nur, dass er es nicht bemerkte. Wie hilflos und blöde bin ich eigentlich, schoss es ihr durch den Kopf.

Dann hatte er plötzlich die Seite gefunden!

„Hier, Frau Eichhorn, das könnte die Kleine doch sein! Schauen sie nur das Kleidchen, was der Perversling auf diesem Foto hochhält, damit die Kerle ihr zwischen die dünnen Beinchen sehen können." Er drehte sich aufgeregt zu ihr um.

Die Hauptkommissarin spürte Übelkeit in sich aufsteigen beim Anblick der verschiedenen Fotos von hilflosen kleinen Mädchen, die dort in eindeutig sexuellen Posen zur Schau gestellt wurden. Auch ihr erschien es möglich, dass Fatima dort abgebildet war.

„Das lange dichte schwarze Haar und das dunkelblaue Kleid … Leider kann man das Gesichtchen nicht gut erkennen. Sie könnte es aber tatsächlich sein, das arme Kind", stammelte sie. Dann entfernte sie sich vom Schreibtisch, weil sie den Anblick der kleinen Mädchen, die hier ohne

Skrupel zum Verkauf angeboten wurden, nicht ertrug.

„Ja, für die gepeinigten Gesichter interessieren die Kerle sich weniger. Und wenn man die Kinder nicht genau erkennt, kann niemand sie identifizieren. So arbeiten diese Perversen. Außerdem agieren sie immer unter fantasievollen Decknamen. Auch die Opfer bekommen solche blöden Namen wie Lolita und Chantal. Bei Fatima steht: ‚Die kleine heiße Lutschi lutscht jeden Lolli‘." Er wandte sich der Kollegin zu und schüttelte entrüstet den Kopf.

„Das ist ein fürchterlicher Sumpf, den man gänzlich trockenlegen müsste. Wie können wir denn nun weiteres herausfinden, wenn die sich dort so gut tarnen?" Lina klang verzweifelt.

„Ja, das ist nicht ganz einfach. Dieser Vermittler nennt sich *Guteronkel*, und er bietet so viele verschiedene Kinder an, dass ich denke, es könnte eine Organisation dahinter stecken. Wir bräuchten einen Strohmann, der den Kontakt aufnimmt und Interesse vorgibt. Dann würde man eventuell mehr erfahren. Das ist aber eine Sache fürs LKA oder BKA. Diese Täter agieren bundesweit und sind verdammt gerissen. Für unsere Kleinstadt-Behörde ist das eine Nummer zu groß." Er schaltete den Computer aus und schlug bedrückt die Augen nieder.

Lina brauchte eine Weile, ehe sie ihre Gedanken wieder geordnet hatte. Währenddessen herrschte fühlbare Stille im Raum. Nur das leise Summen einiger Geräte, war zu vernehmen.

„Ich spreche mit Andreas, und dann geben wir unsere bisherigen Erkenntnisse an die überörtlichen Behörden weiter. Mit diesem Ring von Perverslingen werden die dort sicher besser fertig. Trotzdem werden wir wegen des Tötungsdeliktes hier vor Ort erst einmal weiter ermitteln. Immerhin wurde die Tote bei uns am Sperrwerk gefunden. Da wird der Kerl, der Fatima für seine Sexspiele gekauft hat, doch bestimmt aus unserer Gegend sein. Warum sollte er mit der Toten im Auto bis hierher fahren? Da gäbe es doch überall Möglichkeiten, den kleinen Körper zu beseitigen", sinnierte die Hauptkommissarin.

„Ja, das sehe ich auch so! Ich bin jedenfalls bereit, den übergeordneten Stellen meine Erkenntnisse, auf die ich im Netz gestoßen bin, zu übermitteln, sobald Sie mir einen Kontakt hergestellt haben, Frau Eichhorn." Er sah sie freundlich an, und sie spürte ehrliches Mitgefühl in seiner Stimme.

„Vielen Dank erst mal und lassen Sie das ewige *Frau Eichhorn* bitte weg! Ich heiße Lina", sagte sie und verschwand fluchtartig durch die Tür, als habe der Raum Feuer gefangen.

Lina saß gerade wieder an ihrem Schreibtisch und wollte mit Pantekook die Einschaltung der überörtlichen Behörden abstimmen, da polterte Hannes Küpper herein. Sie zuckte erschreckt zusammen. Andreas blieb allerdings vollkommen entspannt und fragte nur: „Na, Hannes, was gibt's denn so wichtiges, dass du uns bei der Besprechung unterbrichst? Rufen keine Zeitungsleser mehr an?"

„Oh, doch, doch, da rufen viele an. Das meiste ist aber nur Müll …" Er sah vorsichtig zur Hauptkommissarin hinüber, weil er von dort eine Rüge für seine Ausdrucksweise befürchtete. Da sie aber still blieb, fuhr er weiter fort: „Ich hab' allerdings gerade einen interessanten Hinweis von einem Fotografen bekommen, der da in der fraglichen Nacht am Sperrwerk Aufnahmen machen wollte und was beobachtet haben will."

Andreas und Lina sprangen gleichzeitig von ihren Stühlen hoch. „Ein Augenzeuge? Hannes, das wäre der Durchbruch! Wirkte der Mann auf dich glaubwürdig, oder wollte der sich nur interessant machen? Du hast doch Namen und Anschrift notiert?" Der Hauptkommissar wurde plötzlich hektisch und riss dem jungen Kollegen den Zettel förmlich aus der Hand.

„Das ist hier in der Stadt. Wenn der Mann zuhause ist, könnten wir ihn sofort aufsuchen, einverstanden Lina?", meinte er während er auf die Notiz starrte, als wolle er mit seinen Blicken das Papier durchbohren.

Sie schickten Hannes zurück zum Telefondienst und machten sich im Dienstwagen auf den Weg zu dem vermeintlich wichtigen Zeugen.

Es stellte sich heraus, dass es sich um einen jungen Studenten der Fachhochschule handelte, der in einer der typischen kleinen Studentenwohnungen hauste, wie es in Emden einige gab. Er war zweiundzwanzig Jahre alt, kam eigentlich aus Delmenhorst und hieß Björn Fritzen. Auf die Hauptkommissarin machte der Zeuge einen vernünftigen Eindruck. Da sein Zimmer klein war und nach den schimmligen Pizzakartons roch, die sich in einer Ecke stapelten, schlug sie eine Befragung am Ort des Geschehens vor. Weil es dagegen keinerlei Einwände gab, fuhren sie bald zu dritt auf der Petkumer Straße in Richtung Sperrwerk.

22. Nachtaufnahmen

Der junge Mann lotste die Beamten an die Stelle am Ems-Deich, wo er in der Nacht des vergangenen Freitags sein Stativ aufgebaut hatte, um spezielle Nachtaufnahmen für eine Seminararbeit zu machen. Die typischen Abdrücke waren in der weichen Grasnarbe noch gut zu erkennen, also hatte die Hauptkommissarin vorerst keinerlei Zweifel am Wahrheitsgehalt der Aussage dieses Zeugen.

Die Stelle war in der Luftlinie etwa hundert Meter vom Sperrwerk entfernt und zu dieser Tageszeit, ließen sich dort viele Einzelheiten gut erkennen. Im Dunkel der Nacht mochte das natürlich anders gewesen sein.

„Nun erzählen Sie uns doch bitte noch einmal der Reihe nach, was Sie hier getan haben und was Sie genau wahrnehmen konnten, Björn!" Der junge Mann hatte sie bereits im Auto darum gebeten, ihn mit dem Vornamen anzusprechen.

„Ja, also, wie ich schon sagte, habe ich hier mein Stativ mit der Kamera verbunden und alles eingestellt. Es würde jetzt vermutlich zu weit führen, wenn ich Ihnen die Einzelheiten, um die es bei dem Projekt geht, was ich fürs Studium bearbeite, erläutere. Ich hab erst einmal den Himmel fotografiert. Das geht hier recht gut, weil es rundum ziemlich dunkel ist. Am Sperrwerk sah ich die typische nächtliche Beleuchtung. Das lag aber in dem ersten Zeitraum meiner Himmelsfotografie sowieso in meinem Rücken." Björn drehte sich genauso, wie er in der fraglichen Nacht gestanden hatte.

„Ich war nicht so ganz zufrieden, weil der Wind stark wehte und immer wieder Wolken auftauchten, die mir die Aufnahmen erschwerten. Der Not gehorchend, versuchte ich damit besonders interessante Effekte herauszuholen. Ich will damit sagen, dass ich sehr konzentriert und überaus angespannt in meine Arbeit vertieft war, als ich plötzlich das Motorengeräusch wahrnahm."

Er wandte sich zu den Kripobeamten um und fuhr ziemlich aufgeregt fort: „Welcher Idiot kommt mir nun noch mit Autoscheinwerfern in die Quere, dachte ich im ersten Moment. Dann bog der Wagen zum Sperrwerk ab und blieb dort stehen, genau bevor die Beleuchtung anfängt. Sofort wurden Motor und Licht ausgeschaltet." Der Student demonstrierte nun, wie er sich weiter verhalten hatte.

„Ich denke, vielleicht ist das ein Liebespaar, was keine andere Möglichkeit hat, es miteinander zu treiben? Also richte ich die Kamera mal auf diese Szenerie." Björn errötete leicht und versicherte dann: „Ich bin natürlich eigentlich kein Spanner, aber es interessierte mich, was dort nachts um halb vier abging. Ich dachte ja, dass ich der einzige Idiot wäre, der sich die Nächte derart um die Ohren schlug." Er lachte befreit.

„Mit der Telefunktion konnte ich alles nah heranholen, wenn es auch an dieser Stelle ziemlich dunkel war. Ich bemerkte, dass jemand ausstieg und den Kofferraum öffnete. Mehrmals hab ich zwischendurch automatisch auf den Auslöser gedrückt. Da der Wagen mit der Vorderfront schräg in meine Richtung zeigte, konnte ich nicht genau erkennen, was die Person (Ich denke es war ein Mann, kann das aber nicht Hundertpro bestätigen.) anschließend gemacht hat. Er hat sich konsequent außerhalb des Lichtscheines bewegt. Jedenfalls wurde dort irgendwas ins Wasser geworfen, das hab ich mehr gehört als gesehen."

Er deutete zum Sperrwerk hinüber und erläuterte weiter: „Da schmeißen manchmal Leute ihren Müll heimlich in die Ems, davon hatte ich schon gehört. Deshalb war ich erst mal nicht begeistert.

Wäre mir ein Liebespaar doch angenehmer gewesen. Ich bin schließlich kein Saubermann und Aufpasser, dass ich irgendwen anzeigen will. Nun hatte ich die Aufnahmen schon gemacht. Warum ich sie nicht sofort gelöscht habe, weiß ich auch nicht." Er zuckte mit den Schultern.

„Jedenfalls fuhr der Wagen sofort danach weg. Und ich hab mich noch für ca. ne halbe Stunde auf meine eigentliche Arbeit konzentriert."

„Das haben Sie uns nun sehr ausführlich und erschöpfend geschildert. Ich gehe davon aus, dass Sie die ganze Wahrheit gesagt haben, ohne etwas auszulassen oder hinzuzufügen, mein Junge?" Pantekook sah den Studenten bedeutungsvoll an. Der nickte daraufhin heftig.

„Wir werden Ihre Aussage noch im Kommissariat zu Protokoll nehmen müssen. Wie sieht das nun mit diesem Filmmaterial aus? Das müssten Sie uns zur Überprüfung zur Verfügung stellen. Sie bekommen natürlich alles wieder zurück. Wir wissen ja, dass Sie die meisten Aufnahmen für Ihre Arbeit benötigen. Wir haben bei unserer SoKo einen Spezialisten, der sich sorgfältig und verantwortungsvoll mit Ihrer Kamera beschäftigen wird", erklärte die Hauptkommissarin ihm, während sie alle vorsichtig den schlüpfrigen steilen Grashang des Deiches hinunterstiegen.

Pantekook raste, so schnell es eben noch zu vertreten war, mit Blaulicht ins Revier zurück. Sie wollten nun keine Zeit mehr verlieren und dem Fotomaterial möglichst weitere wichtige Hinweise auf den Täter entlocken.

Während Andreas mit Björn das Aussageprotokoll erstellte, eilte Lina mit der Kamera in Joes Arbeitszimmer. Sie war so aufgeregt, wegen der neuen Beweise, dass sie an nichts anderes denken konnte und ohne anzuklopfen plötzlich vor ihm stand.

Er sah vom Computer auf und strahlte sie an.

„Ah, Lina, Sie sind das! Ist irgendwas passiert?" Er klang leicht irritiert.

„Ja", platzte es aus der Hauptkommissarin heraus, „wir haben Filmmaterial mit dem Täter! Hoffentlich können Sie darauf was Brauchbares finden. Es eilt sehr, wie immer, Joe." Sie sprach zum ersten Mal seinen Vornamen aus, und das fühlte sich irgendwie unwirklich an.

Schnell legte sie die Kamera vor ihn hin und erklärte ihm noch, dass die Aufnahmen für den

Zeugen wichtig seien, weshalb er sehr sorgsam mit dem Material umgehen müsse. Danach verabschiedete sie sich schon wieder, um ihn seiner wichtigen Arbeit zu überlassen.

Pantekook hatte sich mit Björn Fritzen in Grothes Büro verzogen, um die Zeugenaussage zu Protokoll zu nehmen. Als Lina zu ihrem Schreibtisch ging, klingelte sein Telefon. Sie nahm ab und hatte die Telefonzentrale am Apparat.

„Ich wollte eigentlich Herrn Pantekook haben. Hier ist ein wichtiges Gespräch für ihn. Soll ich das durchstellen?", fragte eine jugendliche Stimme freundlich.

„Wenn es dienstlich ist, können Sie es mir durchstellen, sonst legen Sie es doch bitte auf Grothes Nummer", antwortete Lina Eichhorn.

Das Gespräch war von einer Vertreterin der islamischen Gemeinde. Linas Überraschung war groß, von dort noch Hinweise zu erhalten. Aber es ging um eine vollkommen andere Sache.

„Wenn das arme kleine Mädchen niemanden sonst hat, wird es sicher Schwierigkeiten mit der Bestattung geben, haben die Gemeindemitglieder sich überlegt. Wir wären gern bereit, uns um eine würdevolle Beisetzung zu kümmern. Es bestehen doch sicher von Ihrer Seite keine Bedenken dagegen?" Die Muslimin sprach einwandfreies Deutsch, wenn auch mit einem kleinen Akzent.

Lina war erst erstaunt, dass ein solches Ansinnen an sie herangetragen wurde. Ihr war der Gedanke an Fatimas Bestattung, zwischen all den anderen Fragen, noch gar nicht gekommen. Der kleine Leichnam war, soweit sie wusste, auch bisher nicht freigegeben. Sie fühlte nun plötzlich eine große Erleichterung, dass sie den zarten geschundenen Körper wenigstens zum Abschluss in mitfühlende Hände legen konnten.

Freundlich bedankte sie sich bei der Mitarbeiterin der islamischen Gemeinde und versprach ihr, sobald die Freigabe zur Bestattung erfolge, wegen des weiteren Prozedere anzurufen.

Statt sich an den Schreibtisch zu setzen, entschied sie sich dafür, ein paar Schritte zu laufen und sich irgendwo was zum Essen zu besorgen.

Bald fand sie sich in einer typischen Fußgängerzone wieder und schlenderte, schon ein wenig entspannter, an den schön gestalteten Schaufenstern vorbei. Unbeschwerte Passanten kamen ihr entgegen. Sie schwatzten und lachten miteinander.

Der Kriminalistin erschien das wie eine andere Welt. Hier existierte das Verbrechen scheinbar nicht. Auch Not und Elend waren in den bunten Einkaufsstraßen der Kleinstädte selten anzutreffen. Und doch lebten die rücksichtslosen Verursacher meist unerkannt genau zwischen diesen unbedarften Menschen.

Sie sah eine einladende Bäckerei, aus der es unwiderstehlich duftete und kaufte sich ein appetitliches mit Käse belegtes Körnerbrötchen. Auf ihrem Weg zurück ins Büro, knusperte sie bereits daran herum, weil sie der Hunger plagte.

23. Täterspuren

Während Joe Kokker noch mit der Kamera des Augenzeugen beschäftigt war, Hannes Küpper und Frau Neemann weiter meist unsinnige Anrufe entgegennahmen und Pantekook einige wichtige Gespräche mit übergeordneten Behörden führte, erhielt Lina Eichhorn einen Rückruf ihres Kollegen aus Mailand.

Nach seiner üblichen herzlichen Begrüßung legte er gleich los: „Stell dir vor, Bella, ich habe in einem Nest gestochert! Oder wie nennt Ihr das in Deutschland?"

„Ach, Luigi, du meinst sicher, dass du in ein Wespennest gestochen hast. So schlimm ist es? Erzähle mal genau!" Lina war sofort hellhörig geworden.

Nun berichtete ihr der Kollege wie er durch die Fahndung nach Fatima und ihrem Kleid an die Inhaberin einer exklusiven Boutique geraten war, die bei genauerem Hinsehen in seltsame Aktivitäten verstrickt sei. Sie betrieb den Laden offensichtlich nur als Tarnung zur Geldwäsche und für andere kriminelle Geschäfte. Diese Frau hatte sich offenbar sehr sicher gefühlt und wenig unternommen, um die illegalen Machenschaften zu verbergen.

„Wir werden noch eine Weile benötigen, um alles genau zu überprüfen und die Hintermänner und -frauen zu enttarnen, aber wir bleiben am Ball – wie Ihr so schön sagt. Das Kleid stammt sicher aus diesem Laden. Die Geschäftsunterlagen und die Computer haben wir beschlagnahmt. Die Auswertung dauert natürlich. Wir können nicht hexen. Es sieht so aus, als gäbe es keine Schweinerei, in die diese feine Signora nicht verstrickt ist. Kinderhandel gehört dazu. Ob wir etwas über eure Kleine herausfinden, kann ich aber nicht versprechen. Wenn wir Spuren entdecken, die nach Deutschland weisen, melde ich mich sofort bei dir, Bella."

Sie wechselten noch einige Höflichkeiten und bedankten sich gegenseitig für die gute Zusammenarbeit, dann beendete die Hauptkommissarin das interessante Gespräch mit einer gewissen Zufriedenheit.

Sie berichtete ihrem Kollegen, Andreas, gerade von den guten Nachrichten aus Mailand, als sein Telefon klingelte und Kokker sie beide zu sich nach oben rief.

Pantekook zog die Stirn kraus und meinte: „Wenn Sie jetzt glauben, dass ich die vielen Treppen nach oben laufe ..." Er machte eine kleine Pause und schluckte. Dann fügte er hinzu, während er ihr schon galant die Tür aufhielt: „Sie werden nun unseren zwar alten aber ausgezeichnet funktionierenden Fahrstuhl kennenlernen!"

Lina war es ganz recht, dass sie nicht so abgehetzt im vierten Stock ankamen. Joe war freundlich wie immer. Er zog ihnen wacklige Stühle heran, damit sie sehen konnten, was er auf den Nachtaufnahmen aus der Kamera des Studenten gefunden hatte.

„Der hat ne super teure Digitalkamera mit allem Pipapo. Das kommt uns nun sehr entgegen, weil das Material wirklich brauchbar ist. Die seltsamen künstlerischen Fotos, die er von Sternen und Wolken geschossen hat, lassen wir natürlich mal außen vor! Hier, jetzt geht's los mit den interessanten Aufnahmen." Er war stolz auf seine Bearbeitung der Bilder und machte sie auf wichtige Details aufmerksam.

Es war eine dunkel gekleidete Person zu erkennen, die etwas aus dem Kofferraum hob. Leider war die Kofferraumbeleuchtung nicht angesprungen. Der Täter hatte Vorsorge getroffen, dass er wenig Aufmerksamkeit auf sich und den Wagen lenkte. Aber das Kraftfahrzeugkennzeichen war tatsächlich in einer der Einstellungen fast vollständig zu erkennen.

„Ach, doch kein Hiesiger, wenn das Kennzeichen überhaupt echt ist", meinte Lina enttäuscht.

„Oh, Sie denken, weil das eine Wolfsburger Nummer ist, wäre der Typ nicht aus der Gegend?" Joe grinste breit, und Pantekook erläuterte sofort: „Das sind Leasingwagen von VW. Die haben Wolfsburger Kennzeichen. Davon fahren hier etliche herum. Das Problem ist, wir brauchen ein bisschen mehr Zeit, den Fahrer zu ermitteln. Vor allem, weil das Kennzeichen nicht ganz vollständig ist und wir die Farbe dieses Golfs in der Dunkelheit nicht genau bestimmen können."

„Na, dann mal schnell ans Werk, Andreas! Ich lege die Recherche bezüglich dieses Wagens vertrauensvoll in Ihre Hände und verziehe mich nun in den wohlverdienten Feierabend." Sie nickte den beiden freundlich zu und verschwand zügig aus dem Polizeirevier.

Die Kriminalistin hatte den Gedanken gefasst, sich das Sperrwerk im Dunkeln anzusehen, um einen genauen Eindruck der Atmosphäre bei Nacht zu bekommen. Sie war sich absolut sicher, dass der Fahrer des Wagens mit der Wolfsburger Nummer die Leiche der unglücklichen Fatima in die Ems entsorgt hatte. Auch wenn sie im Moment noch keine stichhaltigen Beweise hatten, sie mussten den Kerl überführen, um ihm für alle Zeit das Handwerk zu legen!

Es begann gerade erst zu dämmern. Außerdem stand ihr Wagen auf dem Parkplatz in der Großen Straße. Deshalb schlenderte sie erst zu ihrer Unterkunft zurück. Sie hatte genug Zeit, sich einen leckeren Ostfriesentee zu kochen, ein paar Happen zu Abend zu essen und sich etwas wetterfester einzukleiden.

Während sie sich ein Brot schmierte, klingelte ihr Handy. Schnell wischte sie die Finger an einem Küchentuch ab und nahm dann den Anruf entgegen. Ihr Vater war am Telefon.

„Hallo, Eichhörnchen, hier bin ich! Bist du schon zuhause?" Der alte Herr klang aufgeregt.

„Hallo, Big Boss, was heißt hier zuhause? Ich hab zwar gerade Feierabend gemacht, aber natürlich bin ich noch immer in Emden, weil der Fall noch nicht abgeschlossen ist. Ich hab es hier aber sehr gut getroffen mit der Unterkunft. Da kann ich mich fast wie zuhause fühlen", antwortete sie und biss einmal von ihrem Brot ab.

„Ja, ja, dieser Fall!" Er schien entweder vergessen zu haben, woran sie arbeitete, was so gar nicht zu ihm passte, oder hatte andere Sorgen.

„Was ist los, bei dir? Irgendwas nicht in Ordnung?", fragte Lina mit vollem Mund.

„Na, ja, das ist bisschen heikel. Aber ich weiß nicht, wen ich sonst fragen kann. Weißt du, diese nette Dame, der Neuzugang, meine Schachpartnerin …" Er druckste herum.

„Was ist mit der Dame, Opa? Hat sie dich im Schach geschlagen?", lachte sie, überrascht, mit welchem Problem er aufwartete.

„Ach, Schach – darum geht's eigentlich nicht. Die spielt super, die Brunhilde! Aber wenn es mir darauf ankäme immer zu gewinnen, würde ich mal öfter gegen dich spielen." Er machte wieder eine Pause.

„Willst du mich vielleicht ärgern, oder warum machst du solche Sprüche, nachdem ich einen anstrengenden Arbeitstag hinter mir habe?" Sie nahm noch einen Happen vom Brot. Es würde wohl ein komplizierteres Gespräch werden.

„Also, Bruni – ich darf sie nämlich Bruni nennen – ist noch eine flotte Frau. Die hat mal selbst ein Geschäft geführt und wirkt kein bisschen alt. Sie hat sich beizeiten hier ins Heim eingekauft, weil sie keine eigenen Kinder hat. Und den Verwandten will sie nicht zur Last fallen." Wieder machte er eine Kunstpause.

Was hat der nur für ein Problem, dachte Lina. Ob er sich in die Dame verliebt hatte? Sie trank einen Schluck vom Ostfriesentee und wartete einfach ab, dass er fortfuhr.

„Ja, nun, die trägt teure Klamotten, soweit ich davon was verstehe. Und sie hat die Haare schön onduliert - oder so. Schminken tut sie sich auch. Ich glaube, ich bin ein bisschen alt für sie." Er brummelte sich etwas in den Bart.

„Du und alt, Big Boss? Du bist doch das blühende Leben und dazu ein Bündel an Energie. Nicht umsonst nennen sie dich dort *Belami*", widersprach seine Tochter ihm lachend.

„Na, ja, vielleicht hast du recht!" Wieder eine beredte Pause. Dann fragte der Alte leise und vorsichtig: „Meinst du – du bist doch auch eine erfahrene Frau – meinst du, dass die Bruni noch auf Sex aus sein könnte? In unserem Alter? Aber lach mich bloß nicht aus!" Er schluckte verlegen.

„Wie kommst du auf eine solche Idee? Natürlich gibt es einige Menschen, die bis ins hohe Alter Sex haben. Warum nicht, wenn's gefällt!" Sie musste sich zwingen, ernst zu bleiben, weil ihr Vater sich wie ein Halbwüchsiger gebärdete.

„Ja, nun, sie sendet Signale. Ich sag dir, da wird einem alten Mann ganz anders! Und wenn wir hier auf ihrem oder meinem Zimmer allein sind – beim Schach natürlich! Aber man kann nie wissen, was passieren könnte ..."

„Aber, Big Boss, du bist doch nicht gänzlich unerfahren. Wovor hast du Angst? Wenn sie nett ist, dann genieße die Zeit mit ihr. Ob daraus mehr wird, kannst du doch abwarten. Deine Gefühle werden dich schon nicht trügen. Du bist eben ein attraktiver Mann geblieben." Sie spürte förmlich, wie er sich unter ihren Worten wieder zu voller Größe aufrichtete. „Wenn du meinst ...", antwortete er jetzt mit fester lauter Stimme, nachdem er sich zweimal geräuspert hatte. Lina hörte, dass jemand an seine Tür klopfte.

Schnell verabschiedete sich der Alte, nun wieder sichtlich nervös: „Dann danke! Ich will dich auch nicht länger beim Abendbrot stören! Bis bald mal, Eichhörnchen!"

Lina blieb ziemlich irritiert zurück. Er hatte nicht mit einem Wort nach ihrem Fall gefragt. Dahinter mussten wohl ernsthafte emotionale Verwirrungen stecken. Das gibt es wahrscheinlich in jedem Alter, dachte sie amüsiert und wandte sich erst einmal dem leckeren Tee zu.

Als es völlig dunkel war, fuhr sie mit ihrem Wagen in Richtung Sperrwerk. Es war sehr wenig Verkehr. Die streckenweise unbeleuchtete Straße führte sie meistens zwischen landwirtschaftlichen Flächen hindurch. Hätte sie ihr Navi nicht benutzt, wäre ihr die entsprechende Abzweigung zum Emsdeich wahrscheinlich entgangen, obwohl die nächtliche Beleuchtung des Sperrwerks von der Straße auszumachen war. Sie fuhr in absoluter Dunkelheit dem Parkplatz auf dem Deich zu. Genau dort wollte sie anhalten, wo der Täter mit seinem Wagen geparkt hatte.

Als sie den Wagen abstellte, und die Innenbeleuchtung sich ausschaltete, umfing sie die Schwärze der Nacht wie ein schützender Mantel. Weit und breit, war kein lebendes Wesen wahrzunehmen. Der Himmel wirkte wolkenverhangen, wodurch es vermutlich noch finsterer war, als in der unseligen Nacht, in der Fatimas geschundener Körper hier unauffällig für ewig beseitigt werden sollte. Die Anlage des Sperrwerks selbst war erleuchtet, wodurch die Dunkelheit jenseits davon noch undurchdringlicher wirkte.

Langsam ging die Hauptkommissarin bis zu der Stelle, an der der Kerl die kleine Leiche vermutlich ins Wasser geworfen hatte. Es war nicht weit. Ein ausgewachsener Mann hätte mit dem kaum merklichen Gewicht des kleinen Leichnams keine besonderen Schwierigkeiten gehabt, zumal er durch den breiten Ledergürtel zweckmäßig zusammengeschnürt war.

Ihr stellten sich die kleinen Härchen am ganzen Körper auf, als sie das Entsetzen über diese Tat wiederum mit Macht ergriff. Dann rannen ihr plötzlich Tränen übers Gesicht. Sie war froh, hier völlig allein zu sein mit ihren starken Gefühlen. Ja, der Job war oft zu viel für einen zartbesaiteten Menschen! Er lastete in manch stiller Stunde wie ein Zentnergewicht auf ihrer Brust. Die Psychologin hatte ihr oft geraten, dem nagenden Kummer mehr Beachtung zu schenken, damit ein notwendiger Verarbeitungsprozess in Gang käme. Das leuchtete ihr ein. Die Frau war nett und hilfreich.

Aber Lina war eine wahre Meisterin in der Verdrängung. Sie hatte selten Tränen. Oft saß ein Klumpen aus stumpfer Trauer in ihrer Kehle, ohne dass sie hiervon irgendeine Linderung erfuhr. Entsprechend begrüßte sie diese unverhoffte Tränenflut, die in aller Stille wie eine Erlösung aus ihr hervorquoll und nicht enden wollte.

Still setzte sie sich auf die Bank, die für Touristen aufgestellt war, damit man von hier aus am Tage eine eindrucksvolle Aussicht über die Ems genießen konnte. Jetzt glitzerten nur die Widerspiegelungen der Nachtbeleuchtung des Sperrwerks auf dem schwarzen Wasser. Vorsichtig tupfte sie mit einem Tempotuch über die nassen Wangen. Dann richtete sie den tränenverhangenen Blick eine Weile zum Himmel. Sehr langsam trieben die Wolken auseinander und ließen erst ein paar verschämt glitzernde Sterne sehen. Dann erschien eindrucksvoll wie aus dem Nichts die schmale goldene Sichel des Mondes.

Hoffnung, dachte Lina bewegt, Hoffnung ist das, was bis zum Ende bleibt!

Die feuchte Kälte, die allmählich durch ihre warme Kleidung gedrungen war, zwang sie den unwirtlichen Ort zu verlassen und schnell zu ihrer behaglichen Unterkunft zurückzukehren.

24. Konfrontationen

Der nächste Tag brachte ihnen sehr viel Unruhe, weil die Ermittlungen nun endlich in den gewünschten Erfolg zu münden schienen.

Das LKA war genauso informiert worden, wie das BKA. Joe Kokker hatte die Fotos und seine sämtlichen Erkenntnisse mit den jeweiligen Ermittlern geteilt, wodurch dort weitere umfangreiche Recherchen eingeleitet werden konnten. Das alles oblag jetzt nicht mehr ihrer Zuständigkeit.

Andreas hatte die Nachforschung bezüglich des Fahrzeuginhabers eingeleitet und wurde im Verlauf des Vormittags endlich zurückgerufen.

„Wir wissen jetzt, wer den Wagen geleast hat, Lina!", rief er begeistert aus, nachdem er den Telefonhörer aufgelegt hatte. „Aber das ist eine ältere Frau! Hinrieke Lohmeyer, Jahrgang 1942, wohnt ganz in der Nähe vom Sperrwerk, etwas außerhalb der kleinen Ortschaften. Der müssen wir mal auf den Zahn fühlen." Pantekook wirkte nachdenklich.

„Komisch! Mit so einer alten Frau - die geht doch schon auf die Achtzig zu - hätte ich nun nicht unbedingt gerechnet!" Auch die Hauptkommissarin wirkte irritiert.

„Was nützt uns das ganze Herumraten? Fahren Sie einfach mit Frauke Janßen dort vorbei. Die Alte wird ja sicher zuhause sein. Befragen Sie sie einfühlsam, wer eventuell mit ihrem Wagen gefahren sein könnte - falls sie es nicht sogar selbst war. Notfalls bringen Sie die Frau mit zum Verhör, wenn Ihnen da etwas seltsam vorkommt." Pantekook rief ohne Linas Erwiderung abzuwarten bei Frauke an, damit sie den Streifenwagen vorfuhr.

Die Hauptkommissarin nickte nur, nahm den Zettel mit den Daten von ihrem Kollegen entgegen, schlüpfte in ihre Jacke und war schon auf dem Weg.

Die Fahrt mit der jungen hübschen Polizistin erwies sich wieder als äußerst kurzweilig. Nicht nur, dass sie munter vor sich hin plauderte, die Fahrzeit wurde auch auf das unbedingt notwendige beschränkt. Sie kannte ungeahnte Abkürzungen und fuhr einen heißen Reifen.

Andreas hatte recht behalten. Die Anschrift lag sehr außerhalb. Es handelte sich um ein älteres Gehöft in völliger Alleinlage. Irgendwo kläffte ein Hund, der sich jedoch nicht sehen ließ, als sie dem Wagen entstiegen. Frauke legte unwillkürlich eine Hand auf ihr Halfter mit der Waffe.

Die Hauptkommissarin ging forsch auf den Eingang des Gebäudes zu. Die Polizistin folgte ihr auf dem Fuß und hielt dabei wachsam die Umgebung im Auge, ganz so wie sie es auf der Polizeischule gelernt hatte. Neben dem Haus, vor einem heruntergekommenen großen Stall, stand der anthrazitfarbene Golf mit dem Kennzeichen *WOB.*

Auf ihr Klingeln wurde die Tür vorsichtig von einer zerknittert wirkenden sehr zierlichen Frau in graugemusterter Kittelschürze geöffnet. Sie blickte erstaunt zu den beiden Frauen auf und blieb dann wie erstarrt an der Polizeiuniform haften.

„Guten Tag, Frau Lohmeyer! Wir sind von der hiesigen Polizei und hätten nur ein paar Fragen an Sie. Ich bin Frau Eichhorn, und das ist Frau Janßen. Es geht um Ihren Wagen. Dürfen wir vielleicht hereinkommen?" Die Hauptkommissarin hielt der Alten ihren Ausweis unter die Nase und sprach besonders liebenswürdig. Sie hatte bereits bemerkt, dass diese kleine Frau keinesfalls der Gestalt auf dem Täterfoto glich. Es musste also noch eine andere Person geben, die das Auto in der fraglichen Nacht benutzt hatte.

Frau Lohmeyers Gesichtszüge entspannten sich nun merklich, und sie bat die Beamtinnen in ihre Wohnküche.

„Worum geit dat? Bün ik tou fell fohrn?" Sie sprach Plattdeutsch. Die Kriminalistin beruhigte sie, dass sie nicht zu schnell gefahren sei. Dann fragte sie die Alte, ob sie zuweilen ihren Wagen an jemanden ausleihe. Daraufhin meinte die, nach längerem Nachdenken und krampfhaft bemüht, Hochdeutsch zu sprechen, dass manchmal ihr Sohn Steffen den Wagen benötige, weil sein BMW auf langen Strecken zu viel Benzin schlucke.

„Ach, Sie haben einen Sohn? Wohnt der hier bei Ihnen? Und ist er vielleicht im Moment zuhause?" Lina Eichhorn blieb vorsichtig. Sie hatte Sorge, dass die Frau ihrem Sohn ein falsches Alibi geben oder ihn vorwarnen könnte, falls sie zu früh irgendwas ahnte.

Die Alte schien aber noch arglos zu sein. Sie erklärte ihnen in ihrem holprigen Hochdeutsch, dass der Sohn bei ihr eine Kammer bewohne, sich aber den alten Stall für seine Geschäfte eingerichtet habe. Dort befinde er sich auch im

Moment und dürfe nicht gestört werden. Sie würde sein Reich auf keinen Fall betreten, sonst bekäme sie Ärger.

„Ja, das ist nun ein außergewöhnlicher Fall, Frau Lohmeyer. Wir werden Ihren beschäftigten Sohn auch nicht lange aufhalten. Er muss uns nur ein paar Fragen beantworten, dann sind wir schon wieder verschwunden. Sie müssen uns auch nicht begleiten, wenn Ihnen das lieber ist."

Nun wurde die Alte sichtlich nervös. Aufgeregt wischte sie sich die Hände an ihrer Kittelschürze, derweil Lina und Frauke das Haus verließen und, ohne auf ihr hilfloses Jammern zu achten, zielstrebig zum Stallgebäude hinüber gingen.

Der Hund hatte aufgehört zu bellen. Alles war in eine unheilvolle Stille getaucht. Nur der Wind ließ den Staub um das Gebäude herumwirbeln. Die Hauptkommissarin öffnete die erbärmlich quietschende Tür. Das widerliche Geräusch drang durch Mark und Bein.

Drinnen erwartete sie dämmrige Ungewissheit. Als ihre Augen sich langsam an die Umgebung angepasst hatten, konnten sie ein Wirrwarr von Gegenständen ausmachen, die scheinbar willkürlich aufgestapelt waren. Dazwischen lagen überall Verpackungsmaterialien verstreut herum.

Das ist eine Art Messi, kam es Lina in den Sinn, jedenfalls kein Mensch, der Ordnung liebt.

Vorsichtig bahnten sie sich einen Weg durch das Chaos, möglichst ohne irgendwo anzustoßen. Niemand konnte wissen, welche Art von Lawine sie damit ausgelöst hätten. Es war immer noch kein Laut zu hören. Der staubige Lehmboden schluckte auch jeden ihrer Schritte mühelos.

„Hoffentlich gibt's hier keine Mäuse und Ratten", flüsterte Frauke hinter der Hauptkommissarin und wirkte plötzlich gar nicht mehr so selbstsicher.

Sie schlichen sich weiter an, um den Mann möglichst zu überraschen, damit er nicht etwa auf die Idee kam, ihnen zu entwischen. Sie mussten einen mannshohen Stapel von alten Zeitschriften umgehen, der ihnen kaum die Möglichkeit gab, ohne irgendetwas in dem zweifelhaften Lager zu berühren, vorbei zu schlüpfen.

Da stieß Frauke mit dem Fuß an eine kaputte Stehlampe, die laut scheppernd gegen ein wackliges Regal mit alten Blumentöpfen fiel, was sofort unter Getöse zusammenbrach. Vor Schreck ließ die junge Polizistin die Waffe fallen, die sie entsichert in der Hand gehalten hatte.

Ein Schuss löste sich und schlug laut krachend in die marode Klinkermauer ein.

Die Hauptkommissarin wandte sich erschreckt zu ihrer Kollegin um, die bereits geistesgegenwärtig auf dem Boden nach ihrer Dienstwaffe stöberte.

„Tschuldigung", murmelte sie, rot bis unter den Haaransatz, „ich hab's wohl vermasselt!"

Lina blieb keine Zeit, sich über die Tollpatschigkeit der Polizistin zu ärgern. Entsetzt spürte sie den harten Lauf einer Waffe schmerzhaft in ihrem Rücken und vernahm eine eiskalte schneidende Stimme: „Na, wer stört denn meine Kreise? Und dann gleich mit Waffengewalt."

Instinktiv warf Lina sich zur Seite in den Zeitungsstapel. Sie hörte wie sich ein donnernder Schuss löste und das Projektil zischend direkt neben ihrem Kopf in die alten Zeitschriften fuhr. Sofort darauf krachte ein weiterer Schuss, diesmal offenbar aus Fraukes Dienstpistole. Darauf vernahm Lina ein martialisches Gebrüll, das kaum etwas Menschliches an sich hatte.

Noch bevor sich die Hauptkommissarin in dem Papierstapel orientieren und daraus hervorwühlen konnte, zerrte eine kräftige Hand sie auf die Beine.

„Frau Eichhorn, sind Sie verletzt?", fragte Frauke mit hektisch aufgerissenen Augen. Lina war sprachlos, aber es gelang ihr beruhigend den Kopf zu schütteln. Dann sah sie sich nach der Ursache des bestialischen Brüllens um.

Wenn es der Ernst dieser Situation nicht verboten hätte, konnte diese Szene glatt Gelächter hervorrufen: Steffen, der muskelbepackte Sohn von Frau Lohmeyer, lag rücklings auf einem Haufen ausgemusterter Pornomagazine. Ein hellgrüner Lampenschirm mit goldenen Quasten befand sich an der Stelle, wo eigentlich der Kopf sein sollte. Und aus einer Schusswunde in seinem Oberschenkel pulste das warme Blut wie eine Fontaine hervor. Das Lampenschirm-Monster hörte nicht auf zu schreien und zu lamentieren, weshalb ihm Frauke Janßen kurzerhand einen Tritt gegen das blutende Bein verpasste.

Sie hörten ein Röcheln, dann war es totenstill.

„So, das wär's erst mal!" Frauke steckte die Waffe weg und rieb sich die Hände hektisch an der Uniformhose ab. Dann ergriff sie mit spitzen Fingern das Gewehr, welches Lohmeyer entfallen war, und drückte es Lina in die Hände. „Das hätte auch schief gehen können", sagte sie noch, bevor sie zitternd auf den zerfledderten Zeitungsstapel sackte und hemmungslos zu weinen begann.

Die Hauptkommissarin musste nun einen kühlen Kopf bewahren. Sie hatte es mit einem verletzten Verdächtigen und einer Kollegin zu tun, die offensichtlich unter Schock stand. Zu allem Überfluss hatten die Schüsse auch noch die alte Frau Lohmeyer in die Scheune gelockt.

Sie sah das Verhängnis, stürzte zu ihrem Sohn und rief entsetzt: „Mien Gott, Steffen, wat is nu pessert?" Während sie immer wieder ausrief: „Harrijasses! Harrijasses!", färbte sich ihre Schürze rot mit dem hervorsprudelnden Blut.

„Frau Lohmeyer, ich rufe jetzt einen Rettungswagen für Ihren Sohn. Damit er nicht so viel Blut verliert, müssen wir sein Bein verbinden. Holen Sie doch rasch ein paar geeignete saubere Tücher aus der Küche. Aber bitte schnell!" Lina hatte schon ihr Telefon am Ohr, um den Notarzt und die Verstärkung anzufordern, während die Alte erfreulicherweise ohne Zögern ihren Worten Folge leistete.

Auch Frauke beruhigte sich allmählich wieder. Jedenfalls ließ ihr anhaltendes Schluchzen nach. Dafür brach der Verdächtige wieder in ohrenbetäubendes Gebrüll aus, während Lina ihm so gut es ging einen provisorischen Druckverband anlegte. Er hatte inzwischen den lächerlichen Lampenschirm von seinem Kopf entfernt. Darunter erschien eine schmerzverzerrte Visage, die die Hauptkommissarin lieber nicht kennengelernt hätte. Sie dachte an die kleine Fatima und drückte noch einmal mit übertriebenem Kraftaufwand gegen die Schusswunde. Der Kerl wurde abermals ohnmächtig. Seine alte Mutter blickte sie vorwurfsvoll an, wagte es aber nicht, ein Wort von sich zu geben.

Dann war der Rettungswagen endlich da! Gleichzeitig erschienen ihre Kollegen Hannes und Andreas auf der Bildfläche.

Lina atmete hörbar auf. Sofort nahm sie Pantekook zur Seite und unterrichtete ihn mit wenigen Worten über das Vorgefallene. Er musste unbedingt veranlassen, dass die Spurensicherung sich die Scheune vornahm. Außerdem hatten sie von dem Verletzten ja noch keine Aussage, deshalb musste er im Krankenhaus unter Bewachung gestellt werden, bis er verhört werden durfte.

Frauke wurde von Hannes nach Hause gefahren, nachdem der Notarzt ihr eine Beruhigungsspritze verpasst hatte. Die beiden Waffen, aus denen die

Schüsse gefallen waren, musste Pantekook an sich nehmen und zur genauen Untersuchung weiterleiten, wie es die Vorschriften verlangten.

Als auch die alte Frau Lohmeyer sich endlich in ihre Küche zurückgezogen hatte, schauten sich Lina und Andreas ausführlich in der zugemüllten Scheune um. Es stellte sich heraus, dass der ganze Unrat scheinbar nur zur Tarnung angesammelt worden war. Hinter einer weiteren Tür, gewöhnlich mit einem Vorhängeschloss versehen, befand sich eine kleine ganz passabel eingerichtete Wohnung. Der feine Herr Sohn besaß einen großen Fernseher mit Flachbildschirm und mehrere Computer. Dazu einige elektronische Geräte, deren Funktion Lina nicht kannte. Da mussten Fachleute ran. Einer der Computer war eingeschaltet. Wie es aussah hatten sie Steffen Lohmeyer gerade beim chatten gestört.

„Das ist doch gut, dafür brauchen wir dann kein Passwort. Vielleicht ist was Interessantes drauf zu entdecken", meinte Andreas und drückte schon auf der Tastatur herum.

„Lassen Sie das lieber Joe machen." Lina hatte Angst, etwas zu verderben, deshalb wählte sie Kokkers Nummer und bat ihn, sich der Sache anzunehmen. Er war sofort Feuer und Flamme.

Sie schauten noch in die Schränke, in denen sie unter anderem eine Videokamera, eine große Auswahl an seltsamem Sexspielzeug, Handschellen, Peitschen, verschiedene Kinderkleidungsstücke, zwei nackte Babypuppen und einige kinderpornografische Abbildungen fanden. Stapelweise gab es DVDs. Da würde noch einiges an Arbeit auf die Ermittler zukommen.

25. Abschlussberichte

Nach dem aufregenden Zusammenstoß mit dem vermeintlichen Täter, hatte sich Lina Eichhorn für den Rest des Tages freigenommen.

Pantekook kümmerte sich verständnisvoll wie immer um die Sicherstellung der Beweismittel und die Befragung von Frau Lohmeyer. Er sprach mit ihr Plattdeutsch, wodurch die Alte erheblich zugänglicher wurde und bereitwillig Auskunft gab. Leider hatte sie keine Ahnung vom Treiben ihres Sprösslings. So war das von Pantekook anschließend auf Hochdeutsch übersetzte Protokoll der Aufklärung des Falles nicht weiter förderlich.

Während Joe Kokker recht erfolgreich im digitalen Sumpf herumtastete, schlenderte Lina durch Emden. Sie kaufte im Otto-Huus einen Ottifanten aus Plüsch für ihren Enkel Oskar und betrat anschließend einen Friseursalon, an dem sie zufällig vorbeikam. Sie hatte großes Glück, dass sich dort, ausnahmsweise ohne Termin, freundlich um ihre Bedürfnisse gekümmert wurde.

Das war eine Spur Normalität, die ihr zwischendurch richtig gut tat.

Die nächsten beiden zermürbenden Arbeitstage waren dann angefüllt mit dem Sichten von Beweisen, langen Gesprächen mit der Staatsanwaltschaft und der vorgesetzten Dienststelle in Leer sowie dem Schreiben von notwendigen Berichten. Nebenbei bat Joe sie immer mal wieder in sein Büro, um ihnen einige verstörende Einblicke in die perversen DVDs bzw. seltsamen Chat-Verläufe des Verdächtigen zu ermöglichen.

Der Golf, das Wohnhaus und der Stall wurden nach möglichen DNA-Spuren von Fatima untersucht. Diese letzten wichtigen Ergebnisse der Spurensicherung standen aber noch aus.

Die Mitglieder der SoKo waren sich dennoch inzwischen sicher, den Täter gefasst zu haben. Die Komplizen, die es im Hintergrund geben musste, würden später hoffentlich von den übergeordneten Behörden entlarvt werden.

Steffen Lohmeyer war unterdessen erfolgreich operiert worden. Die Ärzte erlaubten endlich seine Befragung im Krankenhaus.

Andreas und Lina machten sich gemeinsam auf den Weg zum Emder Klinikum. Sie waren ziemlich wortkarg, weil in Gedanken mit dem wichtigen Verhör beschäftigt. Als sie das Krankenzimmer betraten, vor dem ein Polizist Wache schob, lag der Verdächtige in einem weiß bezogenen Krankenbett. Sein fahles Gesicht hob sich kaum von der Bettwäsche ab. Er wirkte leidend. Selbst als er die Beamten wahrnahm, die sich beide mit ihren Dienstausweisen legitimierten, zeigte er keine spürbare Regung.

„Herr Lohmeyer, ich denke, Sie wissen, warum wir Sie heute hier aufsuchen? Bei unserem ersten Versuch, sie zu befragen, hatten Sie es ja leider vorgezogen, auf mich zu schießen. Nun, das lassen wir vorerst beiseite, obwohl dieses Vergehen natürlich auch noch ein Nachspiel haben wird, zumal Sie keinen Waffenschein besitzen." Lina zog sich einen Besucherstuhl heran, näherte sich aber dem Mann nur soweit, dass sie seine Aussage korrekt aufnehmen konnte.

Als sie das kleine Gerät eingeschaltet hatte, fuhr sie fort: „Aufgrund unserer laufenden Ermittlungen gegen Sie hat sich ein starker Verdacht herauskristallisiert, so dass wir Sie nun als möglichen Täter befragen. Sie haben daher das Recht, die Aussage zu verweigern, wenn Sie sich selbst belasten würden, und natürlich dürfen Sie jederzeit einen Anwalt Ihrer Wahl hinzuziehen."

Wieder zeigte der Kerl keine Reaktion, sondern starrte nur wie das leidende Elend an die Zimmerdecke.

Lina Eichhorn bemerkte, dass ihre Aggression dem vermeintlichen Mörder Fatimas gegenüber anwuchs.

„Das Aufnahmegerät läuft. Wenn Sie auf unsere Fragen antworten möchten, tun Sie das bitte laut und vernehmlich. Bitte nennen Sie zu Anfang Ihren Namen, das Geburtsdatum und Ihre jetzige Anschrift."

Der Mann stöhnte laut auf, machte dann aber mit leidender Stimme, die einem vollkommen anderen Menschen zu gehören schien als dem aggressiven, den sie bei der ersten Begegnung erlebt hatte, die Angaben zu seiner Person.

„Erzählen Sie uns jetzt einmal genau, wozu Sie sich den Wagen Ihrer Mutter in der Nacht von Donnerstag auf Freitag ausgeliehen hatten!" Die Hauptkommissarin gab ihrer Stimme einen herrischen Anstrich, weil ihr das Gejammer auf die Nerven ging.

„Ich kann mich überhaupt nicht erinnern. Ich hab solche Schmerzen. Könnte die Schwester mir nicht nochmal Schmerztropfen bringen?" Er hatte Tränen in den Augen.

„Jetzt ist aber Schluss mit diesem Theater! Sie tun kleinen Kindern unsägliches Leid an und jammern hier wie ein Weichei wegen einer popligen Schussverletzung? Was glauben Sie eigentlich, weshalb wir hier sind? Wenn unsere Beweiskette durch die letzten Laborbefunde geschlossen ist, wandern Sie als brutaler Kinderschänder und Mörder lebenslänglich in den Knast – ganz egal, ob Sie jetzt reden oder nicht!" Lina war laut geworden. Plötzlich spürte sie Andreas' Hand beruhigend auf ihrer Schulter.

Der Kerl begann nun erbärmlich zu schluchzen. Die Kollegen verständigten sich wortlos darauf, die Plätze zu tauschen.

„So, nun lassen Sie es mal gut sein, Herr Lohmeyer!" Andreas sprach zu dem Verdächtigen, wie mit einem Kind. „Noch haben Sie ja die Möglichkeit, uns Ihre Sicht der Dinge darzulegen. Das könnte für das Strafmaß von erheblicher Bedeutung sein. Überlegen Sie genau, was in der fraglichen Nacht passiert ist. Und machen Sie eine ehrliche Aussage, das wird Ihnen helfen."

„Ich hab die Kleine nicht ermordet", flüsterte er und raufte sich die wenigen Haare, die er gewöhnlich mit einem Seitenscheitel sorgfältig über die Glatze gekämmt trug.

Pantekook zeigte ihm das Foto. „War dies das Mädchen, was Sie bei sich zuhause hatten? Und woher kam sie?"

Lohmeyer wischte sich die laufende Nase mit den Fingern und schmierte die Rotze auf Fatimas Bild. Dann flennte er wieder. „Ja, das ist sie. Die hieß Lutschi. Blöder Name! Aber war ne Ausländerin. Wer kann schon deren richtige Namen aussprechen? Wo die genau herkam, weiß ich nicht. Die sprach kein einziges Wort. Ich hab sie für ein verlängertes Wochenende von einem Bekannten aus dem Internet bekommen. War nicht billig, das ganze Paket ..." Der Rest ging in Schniefen unter.

Lina drehte sich der Magen um. Ein hilfloses Flüchtlingskind als Ware behandelt, dachte sie wütend und ballte unwillkürlich die Fäuste.

„Sie haben sich also für ein langes Wochenende ein kleines Mädchen zur Unterhaltung gemietet." Pantekook sprach völlig emotionslos. Er wirkte sehr professionell. „Wann, wo und vom wem haben Sie das Kind übergeben bekommen? Denken Sie gut nach! Ihre ehrliche Antwort kann für Ihre Verurteilung entscheidend sein."

Steffen Lohmeyer verzog das Gesicht, als bereite ihm der Denkprozess Schmerzen. Es erschienen einige hektische Flecken auf seiner bleichen Visage. Dann begann er aber plötzlich, wenn auch mit wehleidiger Stimme, zusammenhängend zu reden.

„Also, den Vermittler kenne ich nur aus dem Internet. Wir sind uns nie persönlich begegnet. Der hat dort natürlich wie üblich einen Fantasienamen, ist aber ein verlässlicher sympathischer Typ. Er hat mir dies Angebot gemacht. Vorher hatte ich noch nie richtige Kinder. Ich hab mich immer mit Fotos, Videos oder Puppen begnügt. Da gibt's ja auch reichlich lebensechtes Material. Aber *Guteronkel* meinte, es wäre an der Zeit, was auszuprobieren. Irgendwann hab ich dann eingewilligt." Er griff nach dem Wasserglas auf seinem Nachttisch, richtete sich unter übertriebenem Stöhnen etwas auf und trank einen Schluck. Die Kriminalpolizisten verhielten sich abwartend.

Leise sprach er weiter: „Die Kleine hab ich an einer Autobahnraststätte in Richtung Osnabrück vorgefunden. Sie saß dort in einem nicht abgeschlossenen Mercedes mit Bielefelder Kennzeichen. Das Geld hatte ich schon vorab überwiesen, also konnte ich sie einfach in meinen Wagen umladen und nach Hause fahren. Sonntagabend sollte ich sie dorthin zurückbringen. Was ja nicht mehr möglich war." Er raufte wieder sein schütteres Haar und zog geräuschvoll die Nase hoch.

„So, das haben Sie uns nun recht anschaulich geschildert. Wie ging es weiter mit dem kleinen Mädchen, als Sie zuhause ankamen? Lassen Sie sich Zeit zu überlegen, damit Ihre Aussage korrekt wird." Lina bewunderte Andreas für seine unsägliche Geduld und Gelassenheit.

„Ich musste Lutschi in die Scheune bringen, ohne dass meine Mutter was mitbekam. Die hätte mir vielleicht einen Tanz gemacht, wenn sie ein Mädchen bei mir entdeckt hätte. Aber an dem Abend war sie vor dem Fernseher eingepennt. Das war mein Glück!" Er berichtete nun ausführlich, dass er Fatima mitgenommen hatte in seine versteckte Behausung. Das Mädchen habe kein einziges Wort mit ihm geredet, obwohl er es sogar mit Gummibärchen versucht habe.

„Aber sie hat mich immer so angeschaut, als ob sie wusste, was ich gern wollte. Dann hab ich ein bisschen an ihr rumgemacht. Das dumme Ding war voller blauer Flecken. So lieb wie ich sie behandelt habe, war vorher bestimmt keiner! Aber sie hat's mir nicht gedankt."

Nun konnte die Hauptkommissarin sich nicht länger beherrschen. „Was fällt Ihnen eigentlich ein? Hören Sie sich überhaupt zu, bei Ihrem Menschen verachtenden Gequatsche? Sie haben ein siebenjähriges Mädchen brutal vergewaltigt! Und dann erwarten Sie noch, dass das Opfer Ihnen dankbar ist?" Sie war empört aufgesprungen. Andreas' beschwichtigender Blick belehrte sie jedoch, sich wieder ruhig hinzusetzen und ihre Wut zu bezähmen.

Der Kinderschänder schüttelte ärgerlich den Kopf und fuhr dann, demonstrativ nur noch an Pantekook gewandt, etwas lauter fort: „Die Kleine war längst keine Jungfrau mehr. In diesen Ländern verheiraten sie die Gören schon mit zehn Jahren. Das weiß doch jeder, Herr Kommissar!"

Er nahm noch einen Schluck aus dem Wasserglas und setzte dann seinen Bericht unbeirrt fort: „Irgendwann war ich so verschwitzt, dass ich mir ein Bier aus dem Kühlschrank holen musste. Da hatte das kleine Biest doch nichts Eiligeres zu tun, als in die Scheune zu entwischen. Ich bin ihr natürlich sofort hinterher, damit Mutter nichts mitbekam. Sie war flink wie ne kleine Maus, aber dann hab ich sie doch am Fuß gepackt. Sie hat geschrien und ist auf den Fliesenstapel geknallt. Danach hat sie keinen Mucks mehr gemacht."

Plötzlich schien er sich darauf zu besinnen, was er da eigentlich enthüllt hatte und rief mit jämmerlicher Stimme mehrfach aus: „Es war ein Unfall! Es war ein blöder Unfall, an dem das dumme Ding selbst Schuld war."

Die beiden Hauptkommissare erhielten von dem Verdächtigen ein umfassendes Geständnis. Er zeigte sich auch aufgeschlossen, alles über seinen Kontaktmann auszusagen, was er wusste. Dieser Typ war nicht mehr so sympathisch rübergekommen, nachdem ihm Lohmeyer von dem Missgeschick mit dem Mädchen geschrieben hatte. Plötzlich hatte er mit der Leiche völlig allein dagestanden. Er wusste sich nicht anders zu helfen, als sie schnellstens in die Ems zu werfen, um sich der Verantwortung zu entziehen.

Andreas Pantekook fuhr mit Lina ins Revier zurück. Sie mussten die Aussage auf Papier bringen und ein weiteres Mal den Staatsanwalt konsultieren. Auch jetzt redeten sie nicht viel miteinander.

Der Tathergang, wie er sich im Moment darstellte, war zwar nicht als geplanter Mord zu bewerten, ließ aber trotzdem ein bodenloses Entsetzen bei den Ermittlern zurück. Dass nun einer, der an Fatimas Martyrium Beteiligten, unschädlich gemacht war, konnte die SoKo nicht vollkommen zufriedenstellen. Sie hofften alle darauf, dass die internationale Zusammenarbeit irgendwann zu weiteren Festnahmen führen würde.

Lina Eichhorn ordnete alle Unterlagen und brachte ihre Arbeit hier in Emden zu einem sachgemäßen Abschluss.

Bevor sie das Büro endgültig verließ, führte sie noch ein Telefonat mit der krankgeschriebenen Frauke Janßen. Die Polizistin hatte scheinbar schon wieder zu ihrer alten Form zurückgefunden, denn sie plapperte munter darauflos. Lina bedankte sich nochmals aufrichtig für ihren unerschrockenen Einsatz, der ihr wahrscheinlich das Leben gerettet hatte. Danach verabschiedete sich sich herzlich von der außergewöhnlichen jungen Frau.

26. Abendessen

Hauptkommissarin Eichhorn hatte die Aufgabe erfüllt, derentwegen sie nach Emden delegiert worden war. Zur vollen Zufriedenheit? Das hätte jetzt wirklich niemand behaupten können! Was konnte ein solcher Fall, der die Kriminalbeamten verstört und sehr deprimiert zurückließ, an Befriedigung auslösen?

Ob die wirkliche Identität des toten Mädchens jemals aufgeklärt würde, war ziemlich fragwürdig. Es dürfte irgendwo auf der Welt vielleicht eine Mutter oder eine Familie geben, die das Schicksal ihres verlorenen Kindes niemals beweinen konnten. Auch die *Hand der Fatima* hatte ihren Schutzzauber, angesichts dieser brutalen Gewalt, nicht erfüllen können. Gut, dass der kleine Leichnam wenigstens eine angemessene Bestattung erfahren sollte.

Die Hauptkommissarin packte ihre Sachen zusammen. Sie hatte ein letztes entspannendes Bad genommen und danach die gemietete Wohnung aufgeräumt und gesäubert. Eigentlich hielt sie nun nichts mehr hier zurück.

Da klingelte ihr Handy. Es war ein Anruf von Andreas Pantekook.

„Hallo, Lina, ich hoffe Sie sind noch nicht auf dem Heimweg?" Er klang so euphorisch, dass sie für einen Moment hoffte, es habe sich noch etwas Spektakuläres in ihrem gemeinsamen Fall ergeben.

„Nein, es gibt nichts neues. Alles, was uns betrifft, ist bestens getan und in trockenen Tüchern. Den Rest erledigen die Mühlen der Justiz. Ich hab ein kleines Attentat auf Sie vor. Eigentlich ist das hauptsächlich wegen Joe. Er hat doch so gute Arbeit geleistet, dass er unbedingt seine Belohnung verdient. Und da dachte ich mir, wir könnten ein kleines gemeinsames Abendessen in Grothes Wohnung veranstalten. Keine Sorge, Sie müssen nicht kochen! Ich bestelle das Essen beim Italiener und bringe den passenden Wein mit. Sie könnten den Tisch ein bisschen nett für drei Personen decken. Wäre das okay?"

Seine Stimme klang so flehend, dass Lina es nicht wagte, die Bitte auszuschlagen. Schließlich wartete niemand zuhause, so dass sie genauso gut am nächsten Morgen abfahren konnte. Also stimmte sie zu.

„Danke, ich freue mich sehr! Wir sind dann pünktlich um 20 Uhr da." Bevor sie noch etwas sagen konnte, hatte er das Gespräch bereits weggedrückt.

Sie schaute in die Schränke und fand dort wirklich alles vor, was man für einen nett gedeckten Tisch benötigte. Oliver Grothe war eben ein außergewöhnlicher Junggeselle.

Die beiden Kollegen trafen pünktlich mit der Essenslieferung des Restaurants ein. Andreas schleppte an einer Tasche mit Rotwein und Joe, der besonders umwerfend aussah, balancierte ein selbstgemachtes Tiramisu auf seiner linken Hand. Die andere streckte er Lina freundschaftlich entgegen und strahlte sie an: „Herzlichen Dank für die tolle Einladung! Da tut es einem ja wirklich Leid, dass Sie nicht für immer bei uns bleiben, Lina."

Sie bat die beiden ungleichen Männer herein. Die lobten den schön gedeckten Tisch und fühlten sich gleich wie zuhause. Während Kokker auf der Suche nach guter Musik in Grothes Sachen wühlte, machte sich Andreas daran, dass bestellte Menü auszupacken und ansprechend aufzutischen. Dann öffnete er den Wein und goss ihn in eine passende Karaffe.

Die kennen sich hier sehr gut aus. Vermutlich waren sie öfters bei ihrem kranken Chef zu Besuch, dachte Lina und setzte sich abwartend wie ein Gast an die geschmackvoll gestaltete Tafel.

Aus der spontanen Idee wurde ein wundervoller Abend. Das Essen vom Italiener war exzellent, der Wein passte hervorragend dazu und lockerte die anregenden Gespräche in angenehmer Weise auf. Das Tiramisu war Lina eigentlich schon zu viel des Guten, schmeckte aber so lecker, dass sie nicht widerstehen konnte.

Nach dem üppigen Mahl wechselten sie ins Wohnzimmer und lümmelten sich in die gemütlichen Polster. Joe war für die Musik zuständig und geleitete sie mit unaufdringlich eingestreuten Kommentaren durch Grothes CD-Sammlung. Lina war, was Musik anging, mehr begeisterte Konsumentin als Expertin, weshalb Joes fachkundige Erklärungen sie ehrlich beeindruckten.

Sie unterhielten sich angeregt über Gott und die Welt wie jahrelange Freunde. Der aktuelle Fall wurde aber nicht weiter diskutiert, als hätten sie sich darüber vorab geeinigt.

Irgendwann kam die Sprache auf die schwere Krebserkrankung Grothes. Die Kollegen befürchteten, dass der Dienststellenleiter vielleicht nicht mehr an seinen Arbeitsplatz zurückkehren würde. Die menschliche Tragödie hinter seiner heimtückischen Krankheit bedrückte sie alle, zumal sie gerade so gemütlich in Grothes Wohnstube saßen.

Lina wusste selbst nicht, wie es dazu kam, plötzlich befand sie sich mitten in der Schilderung ihres eigenen Erlebnisses mit Ricardos Erkrankung und seinem daraus resultierenden Freitod. Sie hatte in dieser langen Zeit noch nie mit jemandem außerhalb der Familie darüber gesprochen. Jetzt sprudelten die Worte ungehindert aus ihr heraus.

„Irgendwie konnte ich seine Entscheidung verstehen und musste sie schließlich auch akzeptieren. Was wäre mir anderes übrig geblieben? Unsere gemeinsame Tochter tut sich aber bis zum heutigen Tage schwer damit", beendete sie ihre emotionale Ausführung und nahm einen tiefen Schluck von dem guten Wein. Er erwärmte ihr Inneres, das durch dieses schmerzliche Thema für den Augenblick wie erstarrt war.

Die beiden Männer hatten ihr aufmerksam zugehört. Sie machten nicht viele Worte. Beide griffen ebenfalls zu ihren Gläsern und prosteten ihr aufmunternd zu.

„Willkommen im Club!", sagte Andreas auf seine ruhige Art, und Lina fühlte sich seltsam aufgehoben in ihrem Schmerz.

Der Rest des Abends flog bei interessanten Gesprächen und Rotwein nur so dahin. Plötzlich sah Pantekook auf seine Armbanduhr.

„Oh, das ist ja schon nach Mitternacht. Da wird's aber höchste Zeit, dass ich ins Bett komme. Morgenfrüh hab ich gleich um acht einen Termin." Er erhob sich ein wenig steif aus seinem Sessel und holte seine Jacke von der Garderobe. Lina und Joe saßen noch immer gemütlich auf dem Sofa und sahen ihn mit vom Wein geröteten Wangen an.

„Trinkt Ihr beiden ruhig noch die letzte Flasche leer. Ich bin jetzt weg. Es war ein schöner Abend und eine super Zusammenarbeit mit euch beiden. Tschüss und gute Nacht! Auf ein baldiges Wiedersehen mit Ihnen, Lina! Sie haben meine Nummer!" Er tippte sich mit der Hand gegen die Stirn, als wolle er salutieren und verschwand dann durch die Tür.

Joe schenkte ihre Gläser wieder voll. In diesem Moment hörte die Musik auf zu spielen. Eine verstörende Stille eroberte den Raum. Lina ergriff irritiert ihr Glas und versuchte dann mit einer lapidaren Bemerkung das peinliche Schweigen zu vertreiben: „Joe, Sie haben uns ja wirklich unterhalten, wie ein professioneller Diskjockey. Aber von Joe Cocker wurde nichts gespielt. Haben Sie was gegen den, oder findet sich von ihm nichts in Grothes umfangreicher Sammlung?"

Am liebsten hätte sie sich sofort auf die Zunge gebissen. Sie wusste doch am besten, wie blöd das war, immer mit seinem ungewöhnlichen Namen aufgezogen zu werden.

Aber der Kollege reagierte vollkommen gelassen. Lächelnd ging er zur Musikanlage und kurz darauf ertönte ‚With a little help from my friends' mit unverkennbarer Stimme und Sound.

Lina lümmelte sich weinselig und gerührt in die Sofaecke. Ihre linke Hand hing entspannt über der Lehne. Als Joe zu ihr zurückkam stieß er versehentlich gegen den Beistelltisch. Dadurch wurden ihre Finger schmerzhaft zwischen Tischkante und Sofalehne eingequetscht. Sie stieß einen spitzen Schrei aus und ließ vor Schreck das Weinglas fallen.

„Was ist mit dir?" Er beugte sich sofort besorgt über sie.

„Du hast mir nur gerade die Hand zerquetscht", antwortete sie leicht angesäuselt. „Aber das Malheur mit dem verschütteten Rotwein ist wahrscheinlich schlimmer."

Sie duzten sich spontan, ohne es zu bemerken. Dann machten sie sich - zur Musik von Joe Cocker - einträchtig daran, die Schweinerei zu beseitigen, die sie in Grothes guter Stube angerichtet hatte. Anschließend wuschen sie noch gemeinsam das schmutzige Geschirr ab.

Als sie endlich wieder nebeneinander auf dem Sofa saßen und ihr Reinigungsergebnis kritisch begutachteten, massierte Lina gedankenverloren ihre geprellten Finger.

„Was macht den eigentlich deine lädierte Hand?" Der Kollege ließ ihr keine Zeit sich zu sträuben, nahm ihre Linke in seine Klavierspielerhände und streichelte sie sacht. Dann führte er jeden ihrer Finger einzeln an seine Lippen, um ihn sehr innig zu küssen.

Hatte Lina bisher noch leichte Schmerzen verspürt, so waren sie in diesem Moment einem unerträglichen Kribbeln im Solarplexus gewichen. Sie brachte kein einziges Wort hervor, sondern schlug hilflos die Augen nieder. Ihr Kopf schien wie ein Heißluftballon zu glühen.

„Lina, ich muss jetzt leider gehen." Hörte sie ihn dann - wie durch eine Wattewolke - mit seiner unwiderstehlichen Stimme sagen.

„Ich möchte dich sehr gern wiedersehen. Aber ich weiß, dass unser Beruf uns immer alles Private vermasselt. Sagen wir also ‚Tschüss', Lina Eichhorn? Und sollte das Schicksal unsere Wege nochmals miteinander kreuzen, werden wir die Bekanntschaft vertiefen?" Er erwartete eine Antwort, aber sie fühlte sich dazu nicht wirklich in der Lage.

„Irgendwer hat mal gesagt: ‚Man trifft sich immer zweimal im Leben'. Dann also: Tschüss, Joe Kokker", murmelte sie.

Mit einer Kusshand machte Linas Indianer sich lautlos davon. Er hinterließ einen Hauch seines charakteristischen Duftes in Grothes Wohnung, einen leckeren Rest Tiramisu in der Küche und seine liebevoll prägende Spur in ihrem Herzen.

ENDE

Zur Autorin

Marion Scheer wurde 1952 in Düsseldorf geboren. Im Anschluss an eine Banklehre und einige Jahre als Sachbearbeiterin bei einer Düsseldorfer Großbank, studierte sie Mathematik, Geografie und Geschichte auf Lehramt. Sie lebt und arbeitet seit fast vierzig Jahren an der ostfriesischen Nordseeküste und ist mehrfache Mutter und Oma. Solange sie schreiben kann, betreibt sie in ihrer Freizeit die Schriftstellerei. Dabei verarbeitet sie vorwiegend tatsächliche Begebenheiten und Erlebnisse zu Fantasiegeschichten. Leider verhinderten mehrere schwere Schicksalsschläge, dass ihre Romane und Geschichten schon früher veröffentlicht wurden.

Heute lebt die Schriftstellerin mit ihrem jetzigen Ehemann zurückgezogen in der Nähe von Emden.

Kontakt: mascheer@gmx.net

Epilog

Alle Personen in diesem Roman sind fiktiv und ihre Namen erfunden. Auch die Handlung ist selbstverständlich so nie passiert. Sämtliche Ortsangaben dienen lediglich als Kulisse für diese konstruierte Geschichte. Jegliche Ähnlichkeit mit lebenden Personen oder tatsächlichen Begebenheiten wäre rein zufällig und ist von der Autorin nicht beabsichtigt.

Der Roman setzt die Krimi-Reihe mit der Hauptkommissarin **Lina Eichhorn** in Ostfriesland fort.

Zu der Reihe gehören bisher:

1. Die Frau des Quacksalbers
2. Die Deichhexe
3. Hundeverbot
4. Das Mädchen vom Sperrwerk

Danksagung

Ich danke meinem lieben Mann für seine vielfältige Unterstützung und Geduld. Ohne ihn wäre es mir nicht möglich, mein zeitaufwendiges Hobby auszuüben.

Die vielen Menschen, die mehr oder weniger zufällig meinen Weg kreuzten, und bewusst oder unbewusst zahlreiche Anregungen zu meinen Geschichten lieferten, besitzen für immer einen speziellen Platz in meinem Herzen.

Ein besonderer Dank gilt meinen Leserinnen und Lesern, die meine Bücher fortwährend mittels ihrer eigenen Fantasie zum Leben erwecken.

Marion Scheer

Weitere in diesem Verlag
erschienene Bücher
von Marion Scheer:

Die Frau des Quacksalbers
(Ostfrieslandkrimi)

Die Deichhexe
(Ostfrieslandkrimi)

Hundeverbot
(Ostfrieslandkrimi)

Von Tieren und Menschen
(Geschichten)

Drachenliebe
(fantastische Geschichte)

Schmerzliebchen
(Frauenschicksal)

Von Mäusen, Mördern und Memoiren
(Roman)